„Bücher sind wie Fallschirme. Sie nützen uns nichts, wenn wir sie nicht öffnen."

Gröls Verlag

Redaktionelle Hinweise und Impressum

Das vorliegende Werk wurde zugunsten der Authentizität sehr zurückhaltend bearbeitet. So wurden etwa ursprüngliche Rechtschreibfehler regelmäßig *nicht* behoben, denn kleine Unvollkommenheiten machen das Buch – wie im Übrigen den Menschen – erst authentisch. Mitunter wurden jedoch zum Beispiel Absätze behutsam neu getrennt, um den Lesefluss zu erleichtern.

Um die Texte zu rekonstruieren, werden antiquarische Bücher von Lesegeräten gescannt und dann durch eine Software lesbar gemacht. Der so entstandene Text wird von Menschen gegengelesen und korrigiert – hierbei treten auch Fehler auf. Wenn Sie ebenfalls antiquarische Texte einreichen möchten, finden Sie weitere Informationen auf www.groels.de

Viel Freude bei der Lektüre wünscht Ihnen das Team des Gröls-Verlags.

Adressen

Verleger: Hermann-Josef Gröls,

Im Borngrund 26, 61440 Oberursel

Externer Dienstleister für Distribution & Herstellung:

BoD, In de Tarpen 42, 22848 Norderstedt

Baudelaire Übertragungen

Walter Benjamin

Die Aufgabe des Übersetzers

Nirgends erweist sich einem Kunstwerk oder einer Kunstform gegenüber die Rücksicht auf den Aufnehmenden für deren Erkenntnis fruchtbar. Nicht genug, daß jede Beziehung auf ein bestimmtes Publikum oder dessen Repräsentanten vom Wege abführt, ist sogar der Begriff eines ›idealen‹ Aufnehmenden in allen kunsttheoretischen Erörterungen vom Übel, weil diese lediglich gehalten sind, Dasein und Wesen des Menschen überhaupt vorauszusetzen. So setzt auch die Kunst selbst dessen leibliches und geistiges Wesen voraus – seine Aufmerksamkeit aber in keinem ihrer Werke. Denn kein Gedicht gilt dem Leser, kein Bild dem Beschauer, keine Symphonie der Hörerschaft.

Gilt eine Übersetzung den Lesern, die das Original nicht verstehen? Das scheint hinreichend den Rangunterschied im

Bereiche der Kunst zwischen beiden zu erklären. Überdies scheint es der einzig mögliche Grund, ›Dasselbe‹ wiederholt zu sagen. Was ›sagt‹ denn eine Dichtung? Was teilt sie mit? Sehr wenig dem, der sie versteht. Ihr Wesentliches ist nicht Mitteilung, nicht Aussage. Dennoch könnte diejenige Übersetzung, welche vermitteln will, nichts vermitteln als die Mitteilung – also Unwesentliches. Das ist denn auch ein Erkennungszeichen der schlechten Übersetzungen. Was aber außer der Mitteilung in einer Dichtung steht – und auch der schlechte Übersetzer gibt zu, daß es das Wesentliche ist – gilt es nicht allgemein als das Unfaßbare, Geheimnisvolle, ›Dichterische‹? Das der Übersetzer nur wiedergeben kann, indem er auch dichtet? Daher rührt in der Tat ein zweites Merkmal der schlechten Übersetzung, welche man demnach als eine ungenaue Übermittlung eines unwesentlichen Inhalts definieren darf. Dabei bleibt es, solange die Übersetzung sich anheischig macht, dem Leser zu dienen. Wäre sie aber für den Leser bestimmt, so müßte es auch das Original sein. Besteht das Original nicht um dessentwillen, wie ließe sich dann die

Übersetzung aus dieser Beziehung verstehen? Übersetzung ist eine Form. Sie als solche zu erfassen, gilt es zurückzugehen auf das Original. Denn in ihm liegt deren Gesetz als in dessen Übersetzbarkeit beschlossen. Die Frage nach der Übersetzbarkeit eines Werkes ist doppelsinnig. Sie kann bedeuten: ob es unter der Gesamtheit seiner Leser je seinen zulänglichen Übersetzer finden werde? oder, und eigentlicher: ob es seinem Wesen nach Übersetzung zulasse und demnach – der Bedeutung dieser Form gemäß – auch verlange. Grundsätzlich ist die erste Frage nur problematisch, die zweite apodiktisch zu entscheiden. Nur das oberflächliche Denken wird, indem es den selbständigen Sinn der letzten leugnet, beide für gleichbedeutend erklären. Ihm gegenüber ist darauf hinzuweisen, daß gewisse Relationsbegriffe ihren guten, ja vielleicht besten Sinn behalten, wenn sie nicht von vorne herein ausschließlich auf den Menschen bezogen werden. So dürfte von einem unvergeßlichen Leben oder Augenblick gesprochen werden, auch wenn alle Menschen sie vergessen hätten. Wenn nämlich deren Wesen es forderte, nicht vergessen zu werden, so würde jenes Prädikat nichts Falsches, sondern nur eine Forderung, der Menschen nicht entsprechen, und zugleich auch wohl den Verweis auf einen Bereich enthalten, in dem ihr entsprochen wäre: auf ein Gedenken Gottes. Entsprechend bliebe die Übersetzbarkeit sprachlicher Gebilde auch dann zu erwägen, wenn diese für die Menschen unübersetzbar wären. Und sollten sie das bei einem strengen Begriff von Übersetzung nicht wirklich bis zu einem gewissen Grade sein? – In solcher Loslösung ist die Frage zu stellen, ob Übersetzung bestimmter Sprachgebilde zu fordern sei. Denn es gilt der Satz: Wenn Übersetzung eine Form ist, so muß Übersetzbarkeit gewissen Werken wesentlich sein.

Übersetzbarkeit eignet gewissen Werken wesentlich – das heißt nicht, ihre Übersetzung ist wesentlich für sie selbst, sondern will besagen, daß eine bestimmte Bedeutung, die den Originalen innewohnt, sich in ihrer Übersetzbarkeit äußere. Daß eine Übersetzung niemals, so gut sie auch sei, etwas für das Original zu bedeuten vermag, leuchtet ein. Dennoch steht sie mit diesem kraft seiner Übersetzbarkeit im nächsten

Zusammenhang. Ja, dieser Zusammenhang ist um so inniger, als er für das Original selbst nichts mehr bedeutet. Er darf ein natürlicher genannt werden und zwar genauer ein Zusammenhang des Lebens. So wie die Äußerungen des Lebens innigst mit dem Lebendigen zusammenhängen, ohne ihm etwas zu bedeuten, geht die Übersetzung aus dem Original hervor. Zwar nicht aus seinem Leben so sehr denn aus seinem ›Überleben‹. Ist doch die Übersetzung später als das Original und bezeichnet sie doch bei den bedeutenden Werken, die da ihre erwählten Übersetzer niemals im Zeitalter ihrer Entstehung finden, das Stadium ihres Fortlebens. In völlig unmetaphorischer Sachlichkeit ist der Gedanke vom Leben und Fortleben der Kunstwerke zu erfassen. Daß man nicht der organischen Leiblichkeit allein Leben zusprechen dürfe, ist selbst in Zeiten des befangensten Denkens vermutet worden. Aber nicht darum kann es sich handeln, unter dem schwachen Szepter der Seele dessen Herrschaft auszudehnen, wie es Fechner versuchte; geschweige daß Leben aus den noch weniger maßgeblichen Momenten des Animalischen definiert werden könnte, wie aus Empfindung, die es nur gelegentlich kennzeichnen kann. Vielmehr nur wenn allem demjenigen, wovon es Geschichte gibt und was nicht allein ihr Schauplatz ist, Leben zuerkannt wird, kommt dessen Begriff zu seinem Recht. Denn von der Geschichte, nicht von der Natur aus, geschweige von so schwankender wie Empfindung und Seele, ist zuletzt der Umkreis des Lebens zu bestimmen. Daher entsteht dem Philosophen die Aufgabe, alles natürliche Leben aus dem umfassenderen der Geschichte zu verstehen. Und ist nicht wenigstens das Fortleben der Werke unvergleichlich viel leichter zu erkennen als dasjenige der Geschöpfe? Die Geschichte der großen Kunstwerke kennt ihre Deszendenz aus den Quellen, ihre Gestaltung im Zeitalter des Künstlers und die Periode ihres grundsätzlich ewigen Fortlebens bei den nachfolgenden Generationen. Dieses letzte heißt, wo es zutage tritt, Ruhm. Übersetzungen, die mehr als Vermittlungen sind, entstehen, wenn im Fortleben ein Werk das Zeitalter seines Ruhmes erreicht hat. Sie dienen daher nicht sowohl diesem, wie schlechte Übersetzer es für ihre Arbeit zu beanspruchen pflegen, als daß sie ihm ihr Dasein verdanken. In ihnen erreicht das Leben des Originals seine stets erneute späteste und umfassendste Entfaltung.

Diese Entfaltung ist als die eines eigentümlichen und hohen Lebens durch eine eigentümliche und hohe Zweckmäßigkeit bestimmt. Leben und Zweckmäßigkeit – ihr scheinbar handgreiflicher und doch fast der Erkenntnis sich entziehender Zusammenhang erschließt sich nur, wo jener Zweck, auf den alle einzelnen Zweckmäßigkeiten des Lebens hinwirken, nicht wiederum in dessen eigener Sphäre, sondern in einer höheren gesucht wird. Alle zweckmäßigen Lebenserscheinungen wie ihre Zweckmäßigkeit überhaupt sind letzten Endes zweckmäßig nicht für das Leben, sondern für den Ausdruck seines Wesens, für die Darstellung seiner Bedeutung. So ist die Übersetzung zuletzt zweckmäßig für den Ausdruck des innersten Verhältnisses der Sprachen zueinander. Sie kann dieses verborgene Verhältnis selbst unmöglich offenbaren, unmöglich herstellen; aber darstellen, indem sie es keimhaft oder intensiv verwirklicht, kann sie es. Und zwar ist diese

Darstellung eines Bedeuteten durch den Versuch, den Keim seiner Herstellung ein ganz eigentümlicher Darstellungsmodus, wie er im Bereich des nicht sprachlichen Lebens kaum angetroffen werden mag. Denn dieses kennt in Analogien und Zeichen andere Typen der Hindeutung, als die intensive, d.h. vorgreifende, andeutende Verwirklichung. – Jenes gedachte, innerste Verhältnis der Sprachen ist aber das einer eigentümlichen Konvergenz. Es besteht darin, daß die Sprachen einander nicht fremd, sondern a priori und von allen historischen Beziehungen abgesehen einander in dem verwandt sind, was sie sagen wollen.

Mit diesem Erklärungsversuch scheint allerdings die Betrachtung auf vergeblichen Umwegen wieder in die herkömmliche Theorie der Übersetzung einzumünden. Wenn in den Übersetzungen die Verwandtschaft der Sprachen sich zu bewähren hat, wie könnte sie das anders als indem jene Form und Sinn des Originals möglichst genau übermitteln? Über den Begriff dieser Genauigkeit wüßte sich jene Theorie freilich nicht zu fassen, könnte also zuletzt doch keine Rechenschaft von dem geben, was an Übersetzungen wesentlich ist. In Wahrheit aber bezeugt sich die Verwandtschaft der Sprachen in einer Übersetzung weit tiefer und bestimmter als in der oberflächlichen und undefinierbaren Ähnlichkeit zweier Dichtungen. Um das echte Verhältnis zwischen Original und Übersetzung zu erfassen, ist eine Erwägung anzustellen, deren Absicht durchaus den Gedankengängen analog ist, in denen die Erkenntniskritik die Unmöglichkeit einer Abbildtheorie zu erweisen hat. Wird dort gezeigt, daß es in der Erkenntnis keine Objektivität und sogar nicht einmal den Anspruch darauf geben könnte, wenn sie in Abbildern des Wirklichen bestünde, so ist hier erweisbar, daß keine Übersetzung möglich wäre, wenn sie Ähnlichkeit mit dem Original ihrem letzten Wesen nach anstreben würde. Denn in seinem Fortleben, das so nicht heißen dürfte, wenn es nicht Wandlung und Erneuerung des Lebendigen wäre, ändert sich das Original. Es gibt eine Nachreife auch der festgelegten Worte. Was zur Zeit eines Autors Tendenz seiner dichterischen Sprache gewesen sein mag, kann später erledigt sein, immanente Tendenzen vermögen neu aus dem Geformten sich zu erheben. Was damals jung, kann später abgebraucht, was damals gebräuchlich, später archaisch klingen. Das Wesentliche solcher Wandlungen wie auch der ebenso ständigen des Sinnes in der Subjektivität der Nachgeborenen statt im eigensten Leben der Sprache und ihrer Werke zu suchen, hieße – zugestanden selbst den krudesten Psychologismus – Grund und Wesen einer Sache verwechseln, strenger gesagt aber, einen der gewaltigsten und fruchtbarsten historischen Prozesse aus Unkraft des Denkens leugnen. Und wollte man auch des Autors letzten Federstrich zum Gnadenstoß des Werkes machen, es würde jene tote Theorie der Übersetzung doch nicht retten. Denn wie Ton und Bedeutung der großen Dichtungen mit den Jahrhunderten sich völlig wandeln, so wandelt sich auch die Muttersprache des Übersetzers. Ja, während das Dichterwort in der seinigen überdauert, ist auch die größte Übersetzung bestimmt in das Wachstum ihrer Sprache ein-, in der erneuten unterzugehen. So weit ist sie entfernt, von zwei erstorbenen Sprachen die taube Gleichung zu sein, daß gerade unter allen Formen ihr als Eigenstes es zufällt, auf jene Nachreife des fremden Wortes, auf die Wehen des eigenen zu merken.

Wenn in der Übersetzung die Verwandtschaft der Sprachen sich bekundet, so geschieht es anders als durch die vage Ähnlichkeit von Nachbildung und Original. Wie es denn überhaupt einleuchtet, daß Ähnlichkeit nicht notwendig bei Verwandtschaft sich einfinden muß. Und auch insofern ist der Begriff der letzten in diesem Zusammenhang mit seinem engern Gebrauch einstimmig, als er durch Gleichheit der Abstammung in beiden Fällen nicht ausreichend definiert werden kann, wiewohl freilich für die Bestimmung jenes engern Gebrauchs der Abstammungsbegriff unentbehrlich bleiben wird. – Worin kann die Verwandtschaft zweier Sprachen, abgesehen von einer historischen, gesucht werden? In der Ähnlichkeit von Dichtungen jedenfalls ebensowenig wie in derjenigen ihrer Worte. Vielmehr beruht alle überhistorische Verwandtschaft der Sprachen darin, daß in ihrer jeder als ganzer jeweils eines und zwar dasselbe gemeint ist, das dennoch keiner einzelnen von ihnen, sondern nur der Allheit ihrer einander ergänzenden Intentionen erreichbar ist: die reine Sprache. Während nämlich alle einzelnen Elemente, die Wörter, Sätze, Zusammenhänge von fremden Sprachen sich ausschließen, ergänzen diese Sprachen sich in ihren Intentionen selbst. Dieses Gesetz, eines der grundlegenden der Sprachphilosophie, genau zu fassen, ist in der Intention vom Gemeinten die Art des Meinens zu unterscheiden. In „Brot" und „pain" ist das Gemeinte zwar dasselbe, die Art, es zu meinen, dagegen nicht. In der Art des Meinens nämlich liegt es, daß beide Worte dem Deutschen und Franzosen je etwas Verschiedenes bedeuten, daß sie für beide nicht vertauschbar sind, ja sich letzten Endes auszuschließen streben; am Gemeinten aber, daß sie, absolut genommen, das Selbe und Identische bedeuten. Während dergestalt die Art des Meinens in diesen beiden Wörtern einander widerstrebt, ergänzt sie sich in den beiden Sprachen, denen sie entstammen. Und zwar ergänzt sich in ihnen die Art des Meinens zum Gemeinten. Bei den einzelnen, den unergänzten Sprachen nämlich ist ihr

Gemeintes niemals in relativer Selbständigkeit anzutreffen, wie bei den einzelnen Wörtern oder Sätzen, sondern vielmehr in stetem Wandel begriffen, bis es aus der Harmonie all jener Arten des Meinens als die reine Sprache herauszutreten vermag. So lange bleibt es in den Sprachen verborgen. Wenn aber diese derart bis ans messianische Ende ihrer Geschichte wachsen, so ist es die Übersetzung, welche am ewigen Fortleben der Werke und am unendlichen Aufleben der Sprachen sich entzündet, immer von neuem die Probe auf jenes heilige Wachstum der Sprachen zu machen: wie weit ihr Verborgenes von der Offenbarung entfernt sei, wie gegenwärtig es im Wissen um diese Entfernung werden mag.

Damit ist allerdings zugestanden, daß alle Übersetzung nur eine irgendwie vorläufige Art ist, sich mit der Fremdheit der Sprachen auseinanderzusetzen. Eine andere als zeitliche und vorläufige Lösung dieser Fremdheit, eine augenblickliche und endgültige, bleibt den Menschen versagt oder ist jedenfalls unmittelbar nicht anzustreben. Mittelbar aber ist es das Wachstum der Religionen, welches in den Sprachen den verhüllten Samen einer höhern reift. Übersetzung also, wiewohl sie auf Dauer ihrer Gebilde nicht Anspruch erheben kann und hierin unähnlich der Kunst, verleugnet nicht ihre Richtung auf ein letztes, endgültiges und entscheidendes Stadium aller Sprachfügung. In ihr wächst das Original in einen gleichsam höheren und reineren Luftkreis der Sprache hinauf, in welchem es freilich nicht auf die Dauer zu leben vermag, wie es ihn auch bei weitem nicht in allen Teilen seiner Gestalt erreicht, auf den es aber dennoch in einer wunderbar eindringlichen Weise wenigstens hindeutet als auf den vorbestimmten, versagten Versöhnungs- und Erfüllungsbereich der Sprachen. Den erreicht es nicht mit Stumpf und Stiel, aber in ihm steht dasjenige, was an einer Übersetzung mehr ist als Mitteilung. Genauer läßt sich dieser wesenhafte Kern als dasjenige bestimmen, was an ihr selbst nicht wiederum übersetzbar ist. Mag man nämlich an Mitteilung aus ihr entnehmen, soviel man kann und dies übersetzen, so bleibt dennoch dasjenige unberührbar zurück, worauf die Arbeit des wahren Übersetzers sich richtete. Es ist nicht übertragbar wie das Dichterwort des Originals, weil das Verhältnis des Gehalts zur Sprache völlig verschieden ist in Original und Übersetzung. Bilden nämlich diese im ersten eine gewisse Einheit wie Frucht und Schale, so umgibt die Sprache der Übersetzung ihren Gehalt wie ein Königsmantel in weiten Falten. Denn sie bedeutet eine höhere Sprache als sie ist und bleibt dadurch ihrem eigenen Gehalt gegenüber unangemessen, gewaltig und fremd. Diese Gebrochenheit verhindert jede Übertragung, wie sie sie zugleich erübrigt. Denn jede Übersetzung eines Werkes aus einem bestimmten Zeitpunkt der Sprachgeschichte repräsentiert hinsichtlich einer bestimmten Seite seines Gehaltes diejenigen in allen übrigen Sprachen. Übersetzung verpflanzt also das Original in einen wenigstens insofern – ironisch – endgültigeren Sprachbereich, als es aus diesem durch keinerlei Übertragung mehr zu versetzen ist, sondern in ihn nur immer von neuem und an andern Teilen erhoben zu werden vermag. Nicht umsonst mag hier das Wort ›ironisch‹ an Gedankengänge der Romantiker erinnern. Diese haben vor andern Einsicht in das

Leben der Werke besessen, von welchem die Übersetzung eine höchste Bezeugung ist. Freilich haben sie diese als solche kaum erkannt, vielmehr ihre ganze Aufmerksamkeit der Kritik zugewendet, die ebenfalls ein wenn auch geringeres Moment im Fortleben der Werke darstellt. Doch wenn auch ihre Theorie auf Übersetzung kaum sich richten mochte, so ging doch ihr großes Übersetzungswerk selbst mit einem Gefühl von dem Wesen und der Würde dieser Form zusammen. Dieses Gefühl – darauf deutet alles hin – braucht nicht notwendig im Dichter am stärksten zu sein; ja es hat in ihm als Dichter vielleicht am wenigsten Raum. Nicht einmal die Geschichte legt das konventionelle Vorurteil nahe, demzufolge die bedeutenden Übersetzer Dichter und unbedeutende Dichter geringe Übersetzer wären. Eine Reihe der größeren wie Luther, Voß, Schlegel sind als Übersetzer ungleich bedeutender denn als Dichter, andere unter den größten, wie Hölderlin und George, nach dem ganzen Umfang ihres Schaffens unter dem Begriff des Dichters allein nicht zu fassen. Zumal nicht als Übersetzer. Wie nämlich die Übersetzung eine eigene Form ist, so läßt sich auch die Aufgabe des Übersetzers als eine eigene fassen und genau von der des Dichters unterscheiden.

Sie besteht darin, diejenige Intention auf die Sprache, in die übersetzt wird, zu finden, von der aus in ihr das Echo des Originals erweckt wird. Hierin liegt ein vom Dichtwerk durchaus unterscheidender Zug der Übersetzung, weil dessen Intention niemals auf die Sprache als solche, ihre Totalität, geht, sondern allein unmittelbar auf bestimmte sprachliche Gehaltszusammenhänge. Die Übersetzung aber sieht sich nicht wie die Dichtung gleichsam im innern Bergwald der Sprache selbst, sondern außerhalb desselben, ihm gegenüber und ohne ihn zu betreten ruft sie das Original hinein, an demjenigen einzigen Orte hinein, wo jeweils das Echo in der eigenen den Widerhall eines Werkes der fremden Sprache zu geben vermag. Ihre Intention geht nicht allein auf etwas anderes als die der Dichtung, nämlich auf eine Sprache im ganzen von einem einzelnen Kunstwerk in einer fremden aus, sondern sie ist auch selbst eine andere: die des Dichters ist naive, erste, anschauliche, die des Übersetzers abgeleitete, letzte, ideenhafte Intention. Denn das große Motiv einer Integration der vielen Sprachen zur einen wahren erfüllt seine Arbeit. Dies ist aber jene, in welcher zwar die einzelnen Sätze, Dichtungen, Urteile sich nie verständigen – wie sie denn auch auf Übersetzung angewiesen bleiben –, in welcher jedoch die Sprachen selbst miteinander, ergänzt und versöhnt in der Art ihres Meinens, übereinkommen. Wenn anders es aber eine Sprache der Wahrheit gibt, in welcher die letzten Geheimnisse, um die alles Denken sich müht, spannungslos und selbst schweigend aufbewahrt sind, so ist diese Sprache der Wahrheit – die wahre Sprache. Und eben diese, in deren Ahnung und Beschreibung die einzige Vollkommenheit liegt, welche der Philosoph sich erhoffen kann, sie ist intensiv in den Übersetzungen verborgen. Es gibt keine Muse der Philosophie, es gibt auch keine Muse der Übersetzung. Banausisch aber, wie sentimentale Artisten sie wissen wollen, sind sie nicht. Denn es gibt ein philosophisches Ingenium, dessen eigenstes die Sehnsucht nach jener Sprache ist, welche in der Übersetzung sich bekundet. „Les langues imparfaites en cela que plusieurs, manque la suprême: penser étant écrire sans accessoires, ni chuchotement mais tacite encore l'immortelle parole, la diversité, sur terre, des idiomes empêche personne de proférer les mots qui, sinon se trouveraient, par une frappe unique, elle-même matériellement la vérité.“ Wenn, was in diesen Worten Mallarmé gedenkt, dem Philosophen streng ermeßbar ist, so steht mit ihren Keimen solcher Sprache die Übersetzung mitten zwischen Dichtung und der Lehre. Ihr Werk steht an Ausprägung diesen nach, doch es prägt sich nicht weniger tief ein in die Geschichte.

Erscheint die Aufgabe des Übersetzers in solchem Licht, so drohen die Wege ihrer Lösung sich um so undurchdringlicher zu verfinstern. Ja, diese Aufgabe: in der Übersetzung den Samen reiner Sprache zur Reife zu bringen, scheint niemals lösbar, in keiner Lösung bestimmbar. Denn wird einer solchen nicht der Boden entzogen, wenn die Wiedergabe des Sinnes aufhört, maßgebend zu sein? Und nichts anderes ist ja – negativ gewendet – die Meinung alles Vorstehenden. Treue und Freiheit – Freiheit der sinngemäßen Wiedergabe und in ihrem

Dienst Treue gegen das Wort – sind die althergebrachten Begriffe in jeder Diskussion von Übersetzungen. Einer Theorie, die anderes in der Übersetzung sucht als Sinnwiedergabe, scheinen sie nicht mehr dienen zu können. Zwar sieht ihre herkömmliche Verwendung diese Begriffe stets in einem unauflöslichen Zwiespalt. Denn was kann gerade die Treue für die Wiedergabe des Sinnes eigentlich leisten? Treue in der Übersetzung des einzelnen Wortes kann fast nie den Sinn voll wiedergeben, den es im Original hat. Denn dieser erschöpft sich nach seiner dichterischen Bedeutung fürs Original nicht in dem Gemeinten, sondern gewinnt diese gerade dadurch, wie das Gemeinte an die Art des Meinens in dem bestimmten Worte gebunden ist. Man pflegt dies in der Formel auszudrücken, daß die Worte einen Gefühlston mit sich führen. Gar die Wörtlichkeit hinsichtlich der Syntax wirft jede Sinneswiedergabe vollends über den Haufen und droht geradenwegs ins Unverständliche zu führen. Dem neunzehnten Jahrhundert standen Hölderlins Sophokles-Übersetzungen als monströse Beispiele solcher Wörtlichkeit vor Augen. Wie sehr endlich Treue in der Wiedergabe der Form die des Sinnes erschwert, versteht sich von selbst. Demgemäß ist die Forderung der Wörtlichkeit unableitbar aus dem Interesse der Erhaltung des Sinnes. Dieser dient weit mehr – freilich der Dichtung und Sprache weit weniger – die zuchtlose Freiheit schlechter Übersetzer. Notwendigerweise muß also jene Forderung, deren Recht auf der Hand, deren Grund sehr verborgen liegt, aus triftigeren Zusammenhängen verstanden werden. Wie nämlich Scherben eines Gefäßes, um sich zusammenfügen zu lassen, in den kleinsten Einzelheiten einander zu folgen, doch nicht so zu gleichen haben, so muß, anstatt dem Sinn des Originals sich ähnlich zu machen, die Übersetzung liebend vielmehr und bis ins Einzelne hinein dessen Art des Meinens in der eigenen Sprache sich anbilden, um so beide wie Scherben als Bruchstück eines Gefäßes, als Bruchstück einer größeren Sprache erkennbar zu machen. Eben darum muß sie von der Absicht, etwas mitzuteilen, vom Sinn in sehr hohem Maße absehen und das Original ist ihr in diesem nur insofern wesentlich, als es der Mühe und Ordnung des Mitzuteilenden den Übersetzer und sein Werk schon enthoben hat. Auch im Bereiche der Übersetzung gilt: ἐν ἀρχῇ ἦν ὁ λόγος, im Anfang war das Wort. Dagegen kann, ja muß dem Sinn gegenüber ihre Sprache sich gehen lassen, um nicht dessen intentio als Wiedergabe, sondern als Harmonie, als Ergänzung zur Sprache, in der diese sich mitteilt, ihre eigene Art der intentio ertönen zu lassen. Es ist daher, vor allem im Zeitalter ihrer Entstehung, das höchste Lob einer Übersetzung nicht, sich wie ein Original ihrer Sprache zu lesen. Vielmehr ist eben das die Bedeutung der Treue, welche durch Wörtlichkeit verbürgt wird, daß die große Sehnsucht nach Sprachergänzung aus dem Werke spreche. Die wahre Übersetzung ist durchscheinend, sie verdeckt nicht das Original, steht ihm nicht im Licht, sondern läßt die reine Sprache, wie verstärkt durch ihr eigenes Medium, nur um so voller aufs Original fallen. Das vermag vor allem Wörtlichkeit in der Übertragung der Syntax und gerade sie erweist das Wort, nicht den Satz als das Urelement des Übersetzers. Denn der Satz ist die Mauer vor der Sprache des Originals, Wörtlichkeit die Arkade.

Wenn Treue und Freiheit der Übersetzung seit jeher als widerstrebende Tendenzen betrachtet wurden, so scheint auch diese tiefere Deutung der einen beide nicht zu versöhnen, sondern im Gegenteil alles Recht der andern abzusprechen. Denn worauf bezieht Freiheit sich, wenn nicht auf die Wiedergabe des Sinnes, die aufhören soll, gesetzgebend zu heißen? Allein wenn der Sinn eines Sprachgebildes identisch gesetzt werden darf mit dem seiner Mitteilung, so bleibt ihm ganz nah und doch unendlich fern, unter ihm verborgen oder deutlicher, durch ihn gebrochen oder machtvoller über alle Mitteilung hinaus ein Letztes, Entscheidendes. Es bleibt in aller Sprache und ihren Gebilden außer dem Mitteilbaren ein Nicht-Mitteilbares, ein, je nach dem Zusammenhang, in dem es angetroffen wird, Symbolisierendes oder Symbolisiertes. Symbolisierendes nur, in den endlichen Gebilden der Sprachen; Symbolisiertes aber im Werden der Sprachen selbst. Und was im Werden der Sprachen sich darzustellen, ja herzustellen sucht, das ist jener Kern der reinen Sprache selbst. Wenn aber dieser, ob verborgen und fragmentarisch, dennoch gegenwärtig im Leben als das Symbolisierte selbst ist, so wohnt er nur symbolisierend in den Gebilden. Ist jene letzte Wesenheit, die da die reine Sprache selbst ist, in den Sprachen nur an Sprachliches und dessen Wandlungen gebunden, so ist sie in den Gebilden behaftet mit dem schweren und fremden Sinn. Von diesem sie zu entbinden, das Symbolisierende zum Symbolisierten selbst zu machen, die reine Sprache gestaltet der Sprachbewegung zurückzugewinnen, ist das gewaltige und einzige Vermögen der Übersetzung. In dieser reinen Sprache, die nichts mehr meint und nichts mehr ausdrückt, sondern als ausdrucksloses und schöpferisches Wort das in allen Sprachen Gemeinte ist, trifft endlich alle Mitteilung, aller Sinn und alle Intention auf eine Schicht, in der sie zu erlöschen bestimmt sind. Und eben aus ihr bestätigt sich die Freiheit der Übersetzung zu einem neuen und höhern Rechte. Nicht aus dem Sinn der Mitteilung, von welchem zu emanzipieren gerade die Aufgabe der Treue ist, hat sie ihren Bestand. Freiheit vielmehr bewährt sich um der reinen Sprache willen an der eigenen. Jene reine Sprache, die in fremde gebannt ist, in der eigenen zu erlösen, die im Werk gefangene in der Umdichtung zu befreien, ist die Aufgabe des Übersetzers. Um ihretwillen bricht er morsche Schranken der eigenen Sprache: Luther, Voß, Hölderlin, George haben die Grenzen des Deutschen erweitert. – Was hiernach für das Verhältnis von Übersetzung und Original an Bedeutung dem Sinn verbleibt, läßt sich in einem Vergleich fassen. Wie die Tangente den Kreis flüchtig und nur in einem Punkte berührt und wie ihr wohl diese Berührung, nicht aber der Punkt, das Gesetz vorschreibt, nach dem sie weiter ins Unendliche ihre gerade Bahn zieht, so berührt die Übersetzung flüchtig und nur in dem unendlich kleinen Punkte des Sinnes das Original, um nach dem Gesetze der Treue in der Freiheit der Sprachbewegung ihre eigenste Bahn zu verfolgen. Die wahre Bedeutung dieser Freiheit hat, ohne sie doch zu nennen noch zu begründen, Rudolf Pannwitz in Ausführungen gekennzeichnet, die sich in der „krisis der europäischen kultur" finden und die neben Goethes Sätzen in den Noten zum „Divan" leicht das Beste sein dürften, was in Deutschland zur Theorie der Übersetzung veröffentlicht wurde. Dort heißt es:

„unsre Übertragungen auch die besten gehn von einem falschen grundsatz aus sie wollen das indische griechische englische verdeutschen anstatt das deutsche zu verindischen vergriechischen verenglischen, sie haben eine viel bedeutendere ehrfurcht vor den eigenen Sprachgebräuchen als vor dem geiste des fremden werks ... der grundsätzliche irrtum des übertragenden ist dass er den zufälligen stand der eignen sprache festhält anstatt sie durch die fremde sprache gewaltig bewegen zu lassen, er muss zumal wenn er aus einer sehr fernen sprache überträgt auf die letzten elemente der sprache selbst wo wort bild ton in eins geht zurück dringen er muss seine sprache durch die fremde erweitern und vertiefen man hat keinen begriff in welchem masze das möglich ist bis zu welchem grade jede sprache sich verwandeln kann sprache von sprache fast nur wie mundart von mundart sich unterscheidet dieses aber nicht wenn man sie allzu leicht sondern gerade wenn man sie schwer genug nimmt.“

Wie weit eine Übersetzung dem Wesen dieser Form zu entsprechen vermag, wird objektiv durch die Übersetzbarkeit des Originals bestimmt. Je weniger Wert und Würde seine Sprache hat, je mehr es Mitteilung ist, desto weniger ist für die Übersetzung dabei zu gewinnen, bis das völlige Übergewicht jenes Sinnes, weit entfernt, der Hebel einer formvollen Übersetzung zu sein, diese vereitelt. Je höher ein Werk geartet ist, desto mehr bleibt es selbst in flüchtigster Berührung seines Sinnes noch übersetzbar. Dies gilt selbstverständlich nur von Originalen. Übersetzungen dagegen erweisen sich unübersetzbar nicht wegen der Schwere, sondern wegen der allzu großen Flüchtigkeit, mit welcher der Sinn an ihnen haftet. Hierfür wie in jeder andern wesentlichen Hinsicht stellen sich Hölderlins Übertragungen, besonders die der beiden Sophokleischen Tragödien, bestätigend dar. In ihnen ist die Harmonie der Sprachen so tief, daß der Sinn nur noch wie eine Äolsharfe vom Winde von der Sprache berührt wird. Hölderlins Übersetzungen sind Urbilder ihrer Form; sie verhalten sich auch zu den vollkommensten Übertragungen ihrer Texte als das Urbild zum Vorbild, wie es der Vergleich der Hölderlinschen und Borchardtschen Übersetzung der dritten pythischen Ode von Pindar zeigt. Eben darum wohnt in ihnen vor andern die ungeheure und ursprüngliche Gefahr aller Übersetzung: daß die Tore einer so erweiterten und durchwalteten Sprache zufallen und den Übersetzer ins Schweigen schließen. Die Sophokles-Übersetzungen waren Hölderlins letztes Werk. In ihnen stürzt der Sinn von Abgrund zu Abgrund, bis er droht in bodenlosen Sprachtiefen sich zu verlieren. Aber es gibt ein Halten. Es gewährt es jedoch kein Text außer dem heiligen, in dem der Sinn aufgehört hat, die Wasserscheide für die strömende Sprache und die strömende Offenbarung zu sein. Wo der Text unmittelbar, ohne vermittelnden Sinn, in seiner Wörtlichkeit der wahren Sprache, der Wahrheit oder der Lehre angehört, ist er übersetzbar schlechthin. Nicht mehr freilich um seinet-, sondern allein um der Sprachen willen. Ihm gegenüber ist so grenzenloses Vertrauen von der Übersetzung gefordert, daß spannungslos wie in jenem Sprache und Offenbarung so in dieser Wörtlichkeit und Freiheit in Gestalt der Interlinearversion sich vereinigen müssen. Denn in irgendeinem Grade enthalten alle großen Schriften, im höchsten aber die heiligen, zwischen den Zeilen ihre virtuelle Übersetzung. Die Interlinearversion des heiligen Textes ist das Urbild oder Ideal aller Übersetzung.

Tableaux parisiens

Paysage

Je veux, pour composer chastement mes églogues,
Coucher auprès du ciel, comme les astrologues,
Et, voisin des clochers, écouter en rêvant
Leurs hymnes solennels emportés par le vent.
Les deux mains au menton, du haut de ma mansarde,
Je verrai l'atelier qui chante et qui bavarde;
Les tuyaux, les clochers, ces mâts de la cité,
Et les grands ciels qui font rêver d'éternité.

Il est doux, à travers les brumes, de voir naître
L'étoile dans l'azur, la lampe à la fenêtre,
Les fleuves de charbon monter au firmament
Et la lune verser son pâle enchantement.
Je verrai les printemps, les étés, les automnes;
Et quand viendra l'hiver aux neiges monotones,

Landschaft

Ich will um meinen Strophenbau zu läutern
Dicht unterm Himmel ruhn gleich Sternedeutern
Daß meine Türme ans verträumte Ohr
Mit dem Winde mir senden den Glockenchor.
Dann werd ich vom Sims meiner luftigen Kammer
Überm Werkvolk wie's schwätzet und singet beim Hammer
Auf Turm und Schlot, die Masten von Paris
Und die Himmel hinaussehn, mein Traumparadies.

Wie schön ist das Erglühn aus Nebelschwaden
Des Sterns im späten Blau, des Lichts in den Fassaden
Der Kohlenströme Flößen übers Firmament
Und wie das Land im Mondlicht fahl entbrennt.
Mir wird der Lenz der Sommer und das Spätjahr hier sich zeigen
Doch vor dem weißen winterlichen Reigen

Je fermerai partout portières et volets
Pour bâtir dans la nuit mes féeriques palais.
Alors je rêverai des horizons bleuâtres,
Des jardins, des jets d'eau pleurant dans les albâtres,
Des baisers, des oiseaux chantant soir et matin,
Et tout ce que l'Idylle a de plus enfantin.
L'Émeute, tempêtant vainement à ma vitre,
Ne fera pas lever mon front de mon pupitre;
Car je serai plongé dans cette volupté
D'évoquer le Printemps avec ma volonté,
De tirer un soleil de mon cœur, et de faire
De mes pensers brûlants une tiède atmosphère.

Zieh ich den Vorhang zu und schließe den Verschlag
Und baue in der Nacht an meinem Feenhag.
Dann werden blaue Horizonte sich erschließen
Und weinend im Boskett Fontänen überfließen
Dann wird in Küssen und im Vogellied
Der Geist der Kindheit sein der durch Idyllen zieht.
Mag gegen's Fensterglas sich ein Orkan verschwenden
Ich werde nicht die Stirn von meinem Pulte wenden;
Denn höchst gebannt in meine Leidenschaft
Ruf ich den Lenz herauf aus eigner Kraft
Und kann mein Herz zu Strahlen werden sehen
Und meines Denkens Glut zu lindem Wehen.

Le Soleil

Le long du vieux faubourg, où pendent aux masures
Les persiennes, abri des secrètes luxures,
Quand le soleil cruel frappe à traits redoublés

Die Sonne

Durch das Faubourg wo an den alternden Gebäuden
Marquisen hängen, Obdach von geheimen Freuden
Wird, wenn die Sonne mit verdoppelter Gewalt

Sur la ville et les champs, sur les toits et les blés,
Je vais m'exercer seul à ma fantasque escrime,
Flairant dans tous les coins les hasards de la rime,
Trébuchant sur les mots comme sur les pavés,
Heurtant parfois des vers depuis longtemps rêvés.

Stadt trifft und Felder, Saaten und Asphalt
Wegab ein seltsames Gefecht mich führen:
Reimbeute in den Winkeln aufzuspüren
Am Wort als wär's ein Pflaster aufzuprallen
Und über längst geträumte Zeilen fast zu fallen.

Ce père nourricier, ennemi des chloroses,
Éveille dans les champs les vers comme les roses;
Il fait s'évaporer les soucis vers le ciel,
Et remplit les cerveaux et les ruches de miel.
C'est lui qui rajeunit les porteurs de béquilles
Et les rend gais et doux comme des jeunes filles,
Et commande aux moissons de croître et de mûrir
Dans le cœur immortel qui toujours veut fleurir!

Der Strahl ernährt, die Bleichsucht macht er enden
Verse und Rosen weckt er in Geländen
Den Sorgendunst läßt er zum Himmel fahn
Und häuft in Hirn und Waben Honig an.
An ihm verjüngen sich die Invaliden
Als sei den Alten Mädchenglück beschieden
Im Herzen reift die Frucht auf sein Geheiß
Im ewigen, das sich nur Blüten weiß.

Quand, ainsi qu'un poëte, il descend dans les villes,
Il ennoblit le sort des choses les plus viles,
Et s'introduit en roi, sans bruit et sans valets,

Wendet er sich so wie ein Dichter in die Städte
So adelt er das Los der niedersten Geräte
Lautlos erfüllt, ein König ohne Troß

Dans tous les hôpitaux et dans tous les palais.

La Lune offensée

O Lune qu'adoraient discrètement nos pères,
Du haut des pays bleus où, radieux sérail,
Les astres vont te suivre en pimpant attirail,
Ma vieille Cynthia, lampe de nos repaires,

Vois-tu les amoureux, sur leurs grabats prospères,
De leur bouche en dormant montrer le frais émail?
Le poëte buter du front sur son travail?
Ou sous les gazons secs s'accoupler les vipères?

Sous ton domino jaune, et d'un pied clandestin,
Vas-tu, comme jadis, du soir jusqu'au matin,
Baiser d'Endymion les grâces surannées?

„– Je vois ta mère, enfant de ce siècle appauvri,
Qui vers son miroir penche un lourd

Er jedes Hospital und jedes Fürstenschloß.

Die Kränkung der Luna

O Luna deren Dienst nun Tote wahren
Kannst du von droben wo bei steifen Feiern
Die Sterne mit dir ziehn in Strahlenschleiern
Betagte du mit der wir munter waren

Auf ihrer Streu die Liebenden gewahren
Wenn schlummernd sie den reinen Mund entschleiern
Und wie des Dichters Haupt von Mühen bleiern
Und wie im trocknen Gras sich Vipern paaren?

Bliebst du in deinem gelben Domino
Endymions verbuhlter Anmut froh
Bei der du dich bis in den Tag verpaßt?

– „Jüngst wies als deine Mutter ich bestrahlte
Ihr Spiegel wie sie die bejahrte Last

amas d'années,
Et plâtre artistement le sein qui t'a nourri!"

Des Busens der dich nährte sorgsam malte."

Le Cygne

A Victor Hugo

I

Andromaque, je pense à vous! Ce petit fleuve,
Pauvre et triste miroir où jadis resplendit
L'immense majesté de vos douleurs de veuve,
Ce Simoïs menteur qui par vos pleurs grandit,

A fécondé soudain ma mémoire fertile,
Comme je traversais le nouveau Carrousel.
Le vieux Paris n'est plus (la forme d'une ville
Change plus vite, hélas! que le cœur d'un mortel);

Je ne vois qu'en esprit tout ce camp de baraques,
Ces tas de chapiteaux ébauchés et de fûts,
Les herbes, les gros blocs verdis par

Der Schwan

Victor Hugo gewidmet

I

Ich denke dein, Andromache! Der Bach
Der trübe seichte Spiegel welcher einst
Dich aufnahm und dein hohes Ungemach
Simois, der nur strömte wenn du weinst

Ist plötzlich in mein Sinnen eingedrungen
Beim Gange übers Neue Carrousel.
Die Altstadt ist dahin – wenn Neuerungen
Uns wandeln sinken Städte doppelt schnell.

Ich sehe jenen Platz mit den Baracken
Den Torsi und Pilastern noch im Geist
Wo zwischen Blöcken und bemoosten Schlacken

l'eau des flaques, Et, brillant aux carreaux, le bric-à-brac confus.	Ein feiler Trödel in den Fenstern gleißt.
Là s'étalait jadis une ménagerie; Là je vis, un matin, à l'heure où sous les cieux Froids et clairs le Travail s'éveille, où la voirie Pousse un sombre ouragan dans l'air silencieux,	Dort war ein Tierpark aufgebaut gewesen Wo einst im frühen Froste wenn im Freien Die Tagfron aufsteht und ein Heer von Besen Die Schwärze des Orkans der Luft verleihen
Un cygne qui s'était évadé de sa cage, Et de ses pieds palmés frottant le pavé sec, Sur le sol raboteux traînait son blanc plumage. Près d'un ruisseau sans eau la bête ouvrant le bec	Vor seinem Käfig einen Schwan ich fand Der seinen Schwimmfuß übers Pflaster zog Und seinen weißen Fittich durch den Sand; Als dann der trockne Bach den Durstigen trog
Baignait nerveusement ses ailes dans la poudre, Et disait, le cœur plein de son beau lac natal: „Eau, quand donc pleuvras-tu? quand tonneras-tu, foudre?" Je vois ce malheureux, mythe étrange et fatal,	Wälzt er im Staub sein zuckendes Gefieder Und sprach erfüllt vom Bild der Heimatseen: „Wann wirst du fallen, Naß? Wann, Blitz, fährst du hernieder?" Ich sah den Armen – mythisches Geschehn –
Vers le ciel quelquefois, comme l'homme d'Ovide,	Gen Himmel oft wie bei Ovidius der Verbannte

Vers le ciel ironique et cruellement bleu,
Sur son cou convulsif tendant sa tête avide,
Comme s'il adressait des reproches à Dieu!

Gen Himmel dessen Bläue grausam loht
Den Kopf so recken daß sein Hals sich spannte
Als sende seinen Vorwurf er zu Gott.

II

Paris change! mais rien dans ma mélancolie
N'a bougé! palais neufs, échafaudages, blocs,
Vieux faubourgs, tout pour moi devient allégorie,
Et mes chers souvenirs sont plus lourds que des rocs.

Aussi devant ce Louvre une image m'opprime:
Je pense à mon grand cygne, avec ses gestes fous,
Comme les exilés, ridicule et sublime,
Et rongé d'un désir sans trêve! et puis à vous,

Andromaque, des bras d'un grand époux tombée,
Vil bétail, sous la main du superbe Pyrrhus,
Auprès d'un tombeau vide en extase courbée;

II

Paris wird anders, aber die bleibt gleich
Melancholie. Die neue Stadt die alte
Mir wirds ein allegorischer Bereich
Und mein Erinnern wuchtet wie Basalte.

Selbst hier vorm Louvre liegt es schwer auf mir
Ich denk an meinen Schwan, wie er entwich
So lächerlich so groß wie dieses Tier
Verzehren sich Verbannte – und an dich

Andromache die dem Gemahl entglitten
Die unter Pyrrhus feil ward zum Genuß
Die überm leeren Sarkophag gelitten

Veuve d'Hector, hélas! et femme d'Hélénus!

Und Hektors war und ward des Helenus.

Je pense à la négresse, amaigrie et phtisique,
Piétinant dans la boue, et cherchant, l'œil hagard,
Les cocotiers absents de la superbe Afrique
Derrière la muraille immense du brouillard;

Ich denk der Schwarzen die von Sucht verzehrt
Im Schlamm sich quält und mit verstörten Blicken
Die Zauberpalmen Afrikas entbehrt
Vor denen zähe Nebel sich verdicken;

A quiconque a perdu ce qui ne se retrouve
Jamais, jamais! à ceux qui s'abreuvent de pleurs
Et tettent la Douleur comme une bonne louve!
Aux maigres orphelins séchant comme des fleurs!

Und aller derer welche ein Verlust
Unheilbar kränkte, all der Tränenreichen
(Die Wölfin ›Jammer‹ nahm sie an die Brust)
Der Waisen deren Blumenhäupter bleichen.

Ainsi dans la forêt où mon esprit s'exile
Un vieux Souvenir sonne à plein souffle du cor!
Je pense aux matelots oubliés dans une île,
Aux captifs, aux vaincus!... à bien d'autres encor!

Durch meinen Wald die Ruh des Ruhelosen
Hör ich wie Hornruf ein Erinnern wandern
Ich denk im Riff vergessener Matrosen
Gefangener Besiegter... vieler andern.

Les sept Vieillards

A Victor Hugo

Fourmillante cité, cité pleine de rêves,
Où le spectre en plein jour raccroche le passant!
Les mystères partout coulent comme des sèves
Dans les canaux étroits du colosse puissant.

Un matin, cependant que dans la triste rue
Les maisons, dont la brume allongeait la hauteur,
Simulaient les deux quais d'une rivière accrue,
Et que, décor semblable à l'âme de l'acteur,

Un brouillard sale et jaune inondait tout l'espace,
Je suivais, roidissant mes nerfs comme un héros
Et discutant avec mon âme déjà lasse,
Le faubourg secoué par les lourds tombereaux.

Tout à coup, un vieillard dont les guenilles jaunes
Imitaient la couleur de ce ciel

Die sieben Greise

Victor Hugo gewidmet

Wimmelnde Stadt, Stadt die erfüllt von Träumen
Wo das Gespenst bei Tag antritt den Mann!
Geheimes schwillt gleich Säften wenn sie schäumen
In engen Gossen des Kolosses an.

An einem Morgen als in tristen Straßen
Die Häuser die im Nebel aufgereckt
Zu Dämmen wurden die ein Strombett fassen
Und, dieses Mimen würdiger Prospekt

Ein gelber Dunstkreis alles überschwemmte
Schritt ich vertieft – heroisch auszuharren
Mein Herz beredend das Ermüdung lähmte –
Die Vorstadt hin die dröhnte von den Karren.

Da stieg ein Greis in Lumpen die verblassen
Vom Ton der Wolken dieser gelben

pluvieux,
Et dont l'aspect aurait fait pleuvoir les aumônes,
Sans la méchanceté qui luisait dans ses yeux,

feuchten
Des Antlitz Gaben hätte regnen lassen
Ohn seiner Blicke höchst gemeines Leuchten

M'apparut. On eût dit sa prunelle trempée
Dans le fiel; son regard aiguisait les frimas,
Et sa barbe à longs poils, roide comme une épée,
Se projetait, pareille à celle de Judas.

Vor mir empor. Sein Auge blickte schwer
Wie voller Galle; Frost fiel ihm vom Lid
Sein Bartwuchs welcher hart war wie ein Speer
Glich dem des Jüngers der den Christ verriet.

Il n'était pas voûté, mais cassé, son échine
Faisant avec sa jambe un parfait angle droit,
Si bien que son bâton, parachevant sa mine,
Lui donnait la tournure et le pas maladroit

Er, nicht gekrümmt, zerbrochen, und sein Rücken
Lief gen den Schenkel im genauen Lot
So daß sein Stab der dies Bild sonder Lücken
Vollendete ihm Aussehn lieh und Trott

D'un quadrupède infirme ou d'un juif à trois pattes.
Dans la neige et la boue il allait s'empêtrant,
Comme s'il écrasait des morts sous ses savates,
Hostile à l'univers plutôt qu'indifférent.

Des lahmen Tiers, des Juden auf drei Pfoten
Durch Schnee und Pfützen ging es unablässig
Als wate er mit seinem Schuh in Toten
Mir schien er nicht so fremde denn gehässig.

Son pareil le suivait: barbe, œil, dos, bâton, loques,
Nul trait ne distinguait, du même enfer venu,
Ce jumeau centenaire, et ces spectres baroques
Marchaient du même pas vers un but inconnu.

Ein gleicher folgte ihm: Bart Stock und Haar
Nichts unterschied den Sohn der gleichen Hölle
Und dies barocke greise Zwillingspaar
Schritt wie im Takt – wer weiß nach welcher Stelle?

A quel complot infâme étais-je donc en butte,
Ou quel méchant hasard ainsi m'humiliait?
Car je comptai sept fois, de minute en minute,
Ce sinistre vieillard qui se multipliait!

Welch Anschlag war das der zum Ziel mich wählte
War's hämischer Zufall der mich so verlachte
Daß siebenmal minutenweis ich zählte
Den grausen Alten der sich vielfach machte!

Que celui-là qui rit de mon inquiétude,
Et qui n'est pas saisi d'un frisson fraternel,
Songe bien que malgré tant de décrépitude
Ces sept monstres hideux avaient l'air éternel!

Mag wer da lächelt meiner bangen Qual
Wen brüderliche Schauder nicht befahren
Bedenken daß trotz völligem Verfall
Die sieben Ausgeburten ewig waren!

Aurais-je, sans mourir, contemplé le huitième,
Sosie inexorable, ironique et fatal,
Dégoûtant Phénix, fils et père de lui-même?

Konnt ohne Todesnot ich noch den achten
Den scheelen Sosias der sich drohend trug
Den eklen Phönix der sein eigner Sohn betrachten?

– Mais je tournai le dos au cortège
infernal.

Exaspéré comme un ivrogne qui voit
double,
Je rentrai, je fermai ma porte,
épouvanté,
Malade et morfondu, l'esprit fiévreux
et trouble,
Blessé par le mystère et par
l'absurdité!

Vainement ma raison voulait prendre
la barre;
La tempête en jouant déroutait ses
efforts,
Et mon âme dansait, dansait, vieille
gabarre
Sans mâts, sur une mer monstrueuse
et sans bords!

Les petites Vieilles

A Victor Hugo

I

Dans les plis sinueux des vieilles
capitales,
Où tout, même l'horreur, tourne aux
enchantements,
Je guette, obéissant à mes humeurs
fatales,

Doch ich entkehrte mich dem
Höllenzug.

Rasend gleich Trunknen wenn sie
doppelt schauen
Mein Haus gewann ich und verschloß
mich drin
Krank und durchfroren, wirr vom
Fieberbrauen
Wund vom Geheimnis und vom
Widersinn!

Umsonst Vernunft zur Heimfahrt
Segel pflanzte –
Sturm brach ihr Trachten mit
gewaltger Hand
Und meiner Seele Kutter tanzte,
tanzte
Mastlos auf wüsten Wogen ohne
Land.

Alte Frauen

Victor Hugo gewidmet

I

Im Faltenschoß der alten Metropolen
Wo Feen im Entsetzen selber walten
Folgt meine trübe Leidenschaft
verstohlen
Verfallnen doch vollendeten
Gestalten.

Des êtres singuliers, décrépits et
charmants.

Ces monstres disloqués furent jadis
des femmes,
Éponine ou Laïs! Monstres brisés,
bossus
Ou tordus, aimons-les! ce sont encor
des âmes.
Sous des jupons troués et sous de
froids tissus.

Die Unform die da abstößt war ein
Weib
War Epona! war Lais! Ehrt ihr Leben
Das seelenhafte noch im morschen
Leib.
Im dünnen Rock in löchrigen
Geweben

Ils rampent, flagellés par les bises
iniques,
Frémissant au fracas roulant des
omnibus,
Et serrant sur leur flanc, ainsi que des
reliques,
Un petit sac brodé de fleurs ou de
rébus;

Herzloser Winde Geißelhieb im
Rücken
Ziehn sie verstört vom Wagenlärm
vorbei.
Was für Reliquien sie an sich
drücken!
Ihr Beutelchen mit Blumenstickerei;

Ils trottent, tout pareils à des
marionnettes;
Se traînent, comme font les animaux
blessés,
Ou dansent, sans vouloir danser,
pauvres sonnettes
Où se pend un Démon sans pitié!
Tout cassés

Sie gehn wie Püppchen ihre Füße
stellen
Sie kommen wie ein wundes Tier
gekrochen
Tanzen und wollen doch nicht tanzen
– arme Schellen
An die ein Troll sich anhängt! So
zerbrochen

Qu'ils sont, ils ont des yeux perçants
comme une vrille,
Luisants comme ces trous où l'eau

Sie sind, ihr Aug' dringt bohrend in
die deinen
Blank wie ein schlafend Regenloch

dort dans la nuit; Ils ont les yeux divins de la petite fille Qui s'étonne et qui rit à tout ce qui reluit.	bei Nacht; Es ist das göttlich blickende der Kleinen Die über Glänzendes erstaunt und lacht.
– Avez-vous observé que maints cercueils de vieilles Sont presque aussi petits que celui d'un enfant? La Mort savante met dans ces bières pareilles Un symbole d'un goût bizarre et captivant,	Habt ihr bemerkt wie sie in Särgen ruhen Die oft kaum größer sind als für ein Kind. Der weise Tod bewährt in solchen Truhen Wie ernst die Spiele seiner Laune sind!
Et lorsque j'entrevois un fantôme débile Traversant de Paris le fourmillant tableau, Il me semble toujours que cet être fragile S'en va tout doucement vers un nouveau berceau;	Und seh ich ihrer eine schattenhaft Sich im Pariser Schwarm vorüberheben Stets scheint mir ihre stille Wanderschaft Zu einer andern Wiege hin das Streben.
A moins que, méditant sur la géométrie, Je ne cherche, à l'aspect de ces membres discords, Combien de fois il faut que l'ouvrier varie La forme de la boîte où l'on met tous ces corps.	Dann sinne ich, ein neuer Geometer Vergrübelt in der Glieder Mißverhältnis Darüber nach wie oft der Schreiner später Abwandeln wird ihr hölzernes Behältnis.

– Ces yeux sont des puits faits d'un million de larmes,
Des creusets qu'un métal refroidi pailleta...
Ces yeux mystérieux ont d'invincibles charmes
Pour celui que l'austère Infortune allaita!

Augen, aus tausend Tränen ihr Zisternen
Ihr Tiegel wo Metall im Guß gerann
Der widersteht nicht so gewalt'gen Sternen
Den die Verfemung groß gesäugt – der Mann.

II

II

De Frascati défunt Vestale énamourée;
Prêtresse de Thalie, hélas! dont le souffleur
Enterré sait le nom; célèbre évaporée
Que Tivoli jadis ombragea dans sa fleur,

Der Vesta Magd die zu Frascati glühte;
Thaliens Priesterin – ach wie sie hieß
Weiß nur ihr toter Partner – die einst blühte
Im Schatten Tivolis eh' sie es ließ.

Toutes m'enivrent! mais parmi ces êtres frêles
Il en est qui, faisant de la douleur un miel,
Ont dit au Dévouement qui leur prêtait ses ailes:
Hippogriffe puissant, mène-moi jusqu'au ciel!

Von allen bin ich voll! doch von den Alten
Rief manche für die Gram wie Honig floß
Der Inbrunst zu die ihr zum Dienst verhalten:
Heb mich empor, gewalt'ges Flügelroß!

L'une, par sa patrie au malheur exercée,
L'autre, que son époux surchargea de douleurs,

Sie die ihr Vaterland mit Not geschändet
Sie die ihr Mann mit Kränkung überlud

L'autre, par son enfant Madone transpercée,
Toutes auraient pu faire un fleuve avec leurs pleurs!

Die Schmerzensmutter die im Sohn verendet
Von ihrer aller Tränen welche Flut!

III

Ah! que j'en ai suivi de ces petites vieilles!
Une, entre autres, à l'heure où le soleil tombant
Ensanglante le ciel de blessures vermeilles,
Pensive, s'asseyait à l'écart sur un banc,

Pour entendre un de ces concerts, riches de cuivre,
Dont les soldats parfois inondent nos jardins,
Et qui, dans ces soirs d'or où l'on se sent revivre,
Versent quelque héroïsme au cœur des citadins.

Celle-là, droite encor, fière et sentant la règle,
Humait avidement ce chant vif et guerrier;
Son œil parfois s'ouvrait comme l'œil d'un vieil aigle;

III

Nie ward ich müde, ihnen nachzugehen!
Einst traf ich eine, als die Sonne sank
Wie Blut aus goldnen Wunden anzusehen
Fand sie sich sinnend abseits eine Bank

Zu lauschen jenen großen Blechkapellen
Der Garden welche im betäubten Park
Zu diesen Stunden unsern Lebensquellen
Ein Schauern senken in der Bürger Mark.

Sie saß gereckt den strengen Takt zu saugen
Zum durst'gen Ohr ließ sie den Kriegsmarsch ein
Und wie ein alter Aar hob sie die Augen;

Son front de marbre avait l'air fait pour le laurier!

Ihr Haupt schien für den Lorbeer da zu sein!

IV

Telles vous cheminez, stoïques et sans plaintes,
A travers le chaos des vivantes cités,
Mères au cœur saignant, courtisanes ou saintes,
Dont autrefois les noms par tous étaient cités.

Vous qui fûtes la grâce ou qui fûtes la gloire,
Nul ne vous reconnaît! un ivrogne incivil
Vous insulte en passant d'un amour dérisoire;
Sur vos talons gambade un enfant lâche et vil.

Honteuses d'exister, ombres ratatinées,
Peureuses, le dos bas, vous côtoyez les murs;
Et nul ne vous salue, étranges destinées!
Débris d'humanité pour l'éternité mûrs!

IV

Dies seid ihr, euer klageloses Kommen
Durch meiner Stadt lebendiges Gedränge
Herzblut der Mütter, Dirnen wie Madonnen
Einst Namen in dem Munde dieser Menge.

Die ihr die Gnade wart und wart der Ruhm
Keiner erkennt euch! nur ein Trunkenbold
Streift euch mit seiner Liebe Narrentum;
Ein feiges Kindchen kommt euch nachgetrollt.

Scham dazusein, ihr eingeschrumpften Schemen
Macht, daß ihr krumm und scheu die Mauern streift;
Man grüßt euch nicht, Erloste großer Femen
O Menschenschutt zur Ewigkeit gereift!

Mais moi, moi qui de loin tendrement vous surveille,
L'œil inquiet, fixé sur vos pas incertains,
Tout comme si j'étais votre père, ô merveille!
Je goûte à votre insu des plaisirs clandestins:

Doch ich der ich von ferne euch behüte
Der zag und zärtlich euren Gang ermißt
Nun ganz euch Vater aus beglückter Güte!
Ich schlürfe Süßen welche ihr nicht wißt:

Je vois s'épanouir vos passions novices;
Sombres ou lumineux, je vis vos jours perdus;
Mon cœur multiplié jouit de tous vos vices!
Mon âme resplendit de toutes vos vertus!

Das frühste Keimen spür ich in euch allen
Die längst verlebte, eure Zeit ward mein
Mein Herz ist tausendfach in euch der Brunst verfallen
Und meine Seele ist aus eurer Tugend rein!

Ruines! ma famille! ô cerveaux congénères!
Je vous fais chaque soir un solennel adieu!
Où serez-vous demain, Èves octogénaires,
Sur qui pèse la griffe effroyable de Dieu?

Verfallene! an Blut und Wissen meinesgleichen
Euch gilt zur Nacht mein scheidender Gedanke;
Wo wird der nächste Morgen euch erreichen
Uralte Even unter Gottes Pranke?

Les Aveugles

Contemple-les, mon âme; ils sont vraiment affreux!
Pareils aux mannequins; vaguement ridicules;

Die Blinden

Betrachte sie, mein Herz; sie sind ein Grauen!
Den Gliederpuppen ähnlich; grundlos komisch;

Terribles, singuliers comme les somnambules;
Dardant on ne sait où leurs globes ténébreux.

Leurs yeux, d'où la divine étincelle est partie,
Comme s'ils regardaient au loin, restent levés
Au ciel; on ne les voit jamais vers les pavés
Pencher rêveusement leur tête appesantie.

Ils traversent ainsi le noir illimité,
Ce frère du silence éternel. O cité!
Pendant qu'autour de nous tu chantes, ris et beugles,

Éprise du plaisir jusqu'à l'atrocité,
Vois! je me traîne aussi! mais, plus qu'eux hébété,
Je dis: Que cherchent-ils au Ciel, tous ces aveugles?

Wie Somnambulen sind sie physiognomisch:
Wohin ergeht nur ihr umwölktes Schauen?

Ihr Augenpaar aus dem der Funke wich
Blieb mit fernspähender Geberde
Geöffnet stehn; nie sieht man sie zur Erde
Das Haupt gewendet und versenkt in sich.

Sie gehn durchs grenzenloseste Verließ
Den Bruder ewgen Schweigens. O Paris
Wo wir uns vom Gejohl begraben finden

Du welches Brunst zur Bestie werden ließ
Sieh her! so schleich auch ich! doch nahm mich dies
Oft Wunder: Was verrät sich Dort den Blinden?

A une passante

La rue assourdissante autour de moi hurlait.
Longue, mince, en grand deuil,

Einer Dame

Geheul der Straße dröhnte rings im Raum.
Hoch schlank tiefschwarz, in

douleur majestueuse,
Une femme passa, d'une main fastueuse
Soulevant, balançant le feston et l'ourlet;

Agile et noble, avec sa jambe de statue.
Moi, je buvais, crispé comme un extravagant,
Dans son œil, ciel livide où germe l'ouragan,
La douceur qui fascine et le plaisir qui tue.

Un éclair... puis la nuit! – Fugitive beauté
Dont le regard m'a fait soudainement renaître,
Ne te verrai-je plus que dans l'éternité?

Ailleurs, bien loin d'ici! trop tard! *jamais* peut-être!
Car j'ignore où tu fuis, tu ne sais où je vais,
O toi que j'eusse aimée, ô toi qui le savais!

ungemeinem Leide
Schritt eine Frau vorbei, die Hand am Kleide
Hob majestätisch den gerafften Saum;

Gemessen und belebt, ihr Knie gegossen.
Und ich verfiel in Krampf und Siechtum an
Dies Aug' den fahlen Himmel vorm Orkan
Und habe Lust zum Tode dran genossen.

Ein Blitz, dann Nacht! Die Flüchtige, nicht leiht
Sie sich dem Werdenden an ihrem Schimmer.
Seh ich dich nur noch in der Ewigkeit?

Weit fort von hier! zu spät! vielleicht auch nimmer?
Verborgen dir mein Weg und mir wohin du mußt
O du die mir bestimmt, o du die es gewußt!

Le Squelette laboureur

I

Dans les planches d'anatomie
Qui traînent sur ces quais poudreux
Où maint livre cadavéreux
Dort comme une antique momie,

Dessins auxquels la gravité
Et le savoir d'un vieil artiste,
Bien que le sujet en soit triste,
Ont communiqué la Beauté,

On voit, ce qui rend plus complètes
Ces mystérieuses horreurs,
Bêchant comme des laboureurs,
Des Écorchés et des Squelettes.

Das Skelett bei der Arbeit

I

Atlanten der Anatomie
Die sacht auf diesen Quais verstauben
Wo Bücher modern daß wir glauben
Wie alte Mumien schlummern sie

Voll Tafeln die das treue Sinnen
Des alten Zeichners und sein Wert
Wiewohl ihr Urbild trauern lehrt
Wahrhafte Schönheit ließ gewinnen

Sie weisen daß uns tiefer bette
Dies unergründlich rege Schauern
Den Boden schaufelnd gleich den
Bauern
Enthäutete und auch Skelette.

II

De ce terrain que vous fouillez,
Manants résignés et funèbres,
De tout l'effort de vos vertèbres,
Ou de vos muscles dépouillés,

Dites, quelle moisson étrange,
Forçats arrachés au charnier,
Tirez-vous, et de quel fermier
Avez-vous à remplir la grange?

II

Die ihr durchstöbert, dieser Hänge
Verdrossene und trübe Sassen
Nach Kräften eurer Wirbelmaßen
Und bloßgelegten Muskelstränge

Sprecht: welche Ernte sondrer Art
Volk das dem Beinhaus man
entlockte
Ist's die ihr bergt? und welchem

Vogte
Dem ihr im Schober sie bewahrt?

Voulez-vous (d'un destin trop dur
Épouvantable et clair emblème!)
Montrer que dans la fosse même
Le sommeil promis n'est pas sûr;

Wollt ihr (der künft'gen Kümmernis
Ein Sinnbild fürchterlich und klar)
Erweisen daß im Grab sogar
Verheißner Schlummer ungewiß;

Qu'envers nous le Néant est traître;
Que tout, même la Mort, nous ment,
Et que sempiternellement,
Hélas! il nous faudra peut-être

Daß wider uns das Nichts Verräter;
Daß alles selbst der Tod uns lügt
Und daß es leider so gefügt
Daß man für ew'ge Zeiten später

Dans quelque pays inconnu
Écorcher la terre revêche
Et pousser une lourde bêche
Sous notre pied sanglant et nu?

In einer fremden Gegend muß
Durchwühlen spröde Ackerflächen
Und einen schweren Spaten stechen
Unter dem blutend nackten Fuß?

Le Crépuscule du soir

Voici le soir charmant, ami du criminel;
Il vient comme un complice, à pas de loup; le ciel
Se ferme lentement comme une grande alcôve,
Et l'homme impatient se change en bête fauve.

O soir, aimable soir, désiré par celui
Dont les bras, sans mentir, peuvent dire: Aujourd'hui
Nous avons travaillé! – C'est le soir

Die Abenddämmerung

Der süße Abend kommt der's mit den Schächern hält;
Er schleicht sich wie ihr Helfershelfer sacht heran; nun fällt
Des Himmels riesige Portiere langsam vor
Und Raubwild will in uns den Irrenden empor.

O Abend lieber Abend welcher den erfreut
Des Arme sonder Lüge sagen können: heut

qui soulage
Les esprits que dévore une douleur
sauvage,
Le savant obstiné dont le front
s'alourdit,
Et l'ouvrier courbé qui regagne son
lit.

Sind fleißig wir gewesen! – Linderung
beschert
Der Abend Geistern die ein wilder
Schmerz verheert Den zähen
Forscher dessen Stirn sich senkt
befreit er
Und nieder legt sich der gebeugte
Lohnarbeiter.

Cependant des démons malsains dans
l'atmosphère
S'éveillent lourdement, comme des
gens d'affaire,
Et cognent en volant les volets et
l'auvent.
A travers les lueurs que tourmente le
vent
La Prostitution s'allume dans les rues;
Comme une fourmilière elle ouvre ses
issues;
Partout elle se fraye un occulte
chemin,
Ainsi que l'ennemi qui tente un coup
de main;
Elle remue au sein de la cité de fange
Comme un ver qui dérobe à l'Homme
ce qu'il mange.
On entend çà et là les cuisines siffler,
Les théâtres glapir, les orchestres
ronfler;
Les tables d'hôte, dont le jeu fait les
délices,
S'emplissent de catins et d'escrocs,

Indes erwachen rings in Lüften wo sie
wohnen
Träg wie ein Kaufmannspack die
schädlichen Dämonen
Und stoßen sich im Flug an Firsten
und an Fenstern.
Bei Lichtern die im Luftzug hin und
her gespenstern
Entzündet sich die Unzucht in den
Gassen;
Ameisen die den Bau aus jedem Loch
verlassen.
Wie sie sich überall verborgen Wege
bahnt
Ist sie dem Feinde gleich der einen
Handstreich plant;
Sie lebt am Busen ihrer Stadt von Kot
Und stiehlt gleich einem Wurm des
Menschen täglich Brot.
Ein Zischen hört man hie und da aus
Küchenessen
Gekreisch von Bühnen und
Orchesterton von Bässen;
Nun sammeln im Lokal wo sie zum

leurs complices,
Et les voleurs, qui n'ont ni trêve ni merci,
Vont bientôt commencer leur travail, eux aussi,
Et forcer doucement les portes et les caisses
Pour vivre quelques jours et vêtir leurs maîtresses.

Spiel verleiten
Dirnen und Gauner sich als seine Eingeweihten
Und unversehens sind, geächtet und betrogen
Diebsbanden auf die Arbeit ausgezogen
Die lautlos Türen und Tresors bezwingen
Um Unterhalt, und um den Weibern Putz zu bringen.

Recueille-toi, mon âme, en ce grave moment,
Et ferme ton oreille à ce rugissement.
C'est l'heure où les douleurs des malades s'aigrissent!
La sombre Nuit les prend à la gorge; ils finissent
Leur destinée et vont vers le gouffre commun;
L'hôpital se remplit de leurs soupirs. – Plus d'un
Ne viendra plus chercher la soupe parfumée,
Au coin du feu, le soir, auprès d'une âme aimée.

Du sammle dich mein Herz in dieser ernsten Stunde
Und schließe du dein Ohr dem lauten Höllenmunde.
Die Stund ist's da der Kranken Schmerzen überschießen!
Nach ihrer Gurgel greift die düstere Nacht; sie schließen
Ihr Schicksal ab und gehn zum allgemeinen Grund;
Es füllt das Spittel sich mit ihren Seufzern. Und
Manch einer ist der nie mehr bei dem Nachtmahl weilt
Am Herde wo er's mit der Freundin sonst geteilt.

Encore la plupart n'ont-ils jamais connu
La douceur du foyer et n'ont jamais vécu!

Auch hat die meisten nie ein süßer Schein umschwebt
Von eignem Feuer und sie haben nie gelebt.

Le Jeu

Dans des fauteuils fanés des courtisanes vieilles,
Pâles, le sourcil peint, l'œil câlin et fatal,
Minaudant, et faisant de leurs maigres oreilles
Tomber un cliquetis de pierre et de métal;

Autour des verts tapis des visages sans lèvre,
Des lèvres sans couleur, des mâchoires sans dent,
Et des doigts convulsés d'une infernale fièvre,
Fouillant la poche vide ou le sein palpitant;

Sous de sales plafonds un rang de pâles lustres
Et d'énormes quinquets projetant leurs lueurs
Sur des fronts ténébreux de poëtes illustres
Qui viennent gaspiller leurs sanglantes sueurs;

Voilà le noir tableau qu'en un rêve nocturne
Je vis se dérouler sous mon œil clairvoyant.
Moi-même, dans un coin de l'antre

Das Spiel

Verschossene Polster worin Vetteln tuscheln
Die aus bemalten Augen böse locken
Und deren Ohrschmuck aus verdorrten Muscheln
Ein Klirren fallen läßt wie leise Glocken;

Und überm grünen Tuch entfleischte Fratzen
Entfärbte Lippen und entzahnte Kiefer
Umsonst durchforschen fieberheiße Tatzen
Das Mieder und die Taschen immer tiefer;

Bei fahlen Lüstern die zur Decke schwelen
Und riesenhaften Lampen einen Kreis
Erlauchtester Poeten deren Seelen
Die Frone suchen und den blutigen Schweiß;

Dies dunkle Bild in mitternächtger Luft
Als Traumgesicht vor meinem Blick erleidend
Fand ich verloren in der stillen Gruft

taciturne,
Je me vis accoudé, froid, muet, enviant,

Enviant de ces gens la passion tenace,
De ces vieilles putains la funèbre gaieté,
Et tous gaillardement trafiquant à ma face,
L'un de son vieil honneur, l'autre de sa beauté!

Et mon cœur s'effraya d'envier maint pauvre homme
Courant avec ferveur à l'abîme béant,
Et qui, soûl de son sang, préférerait en somme
La douleur à la mort et l'enfer au néant!

Mich selber lehnen, kalt verstummt und neidend

Ja neidend ihre Laster jenen Dieben
Die unheilvolle Lust den geilen Damen
Wie sie getrost und offen Handel trieben
Mit Schönheit die und der mit seinem Namen.

Mich aber ließ mein Neid auf den erbeben
Den seine Jagd zum Abgrund so entflammt
Daß ihm sein Blut die Losung eingegeben:
Dem Nichtsein zu entgehn und seis verdammt!

Danse macabre

A Ernest Christophe

Fière, autant qu'un vivant, de sa noble stature,
Avec son gros bouquet, son mouchoir et ses gants,
Elle a la nonchalance et la désinvolture

Totentanz

Ernest Christophe gewidmet

Kein Lebender pocht mehr auf seine Größe
Als sie die Strauß und Handschuh an sich preßt
Und in der Haltung die verwegne Blöße
Der hagern Kurtisane sehen läßt.

D'une coquette maigre aux airs extravagants.

Vit-on jamais au bal une taille plus mince?
Sa robe exagérée, en sa royale ampleur,
S'écroule abondamment sur un pied sec que pince
Un soulier pomponné, joli comme une fleur.

Wer fand beim Ball ein Mieder so verengt?
Die Robe stürzt in königlicher Fülle
Auf einen ausgezehrten Fuß – den zwängt
Der seidne Schuh wie eine Blumentülle.

La ruche qui se joue au bord des clavicules,
Comme un ruisseau lascif qui se frotte au rocher,
Défend pudiquement des lazzi ridicules
Les funèbres appas qu'elle tient à cacher.

Die Rüschen die am Schlüsselbein sich spreiten
(So leckt am Fels ein Bächlein lockrer Art)
Behüten spröd vor faden Lustigkeiten
Die düstern Reize die sie wohl verwahrt.

Ses yeux profonds sont faits de vide et de ténèbres,
Et son crâne, de fleurs artistement coiffé,
Oscille mollement sur ses frêles vertèbres.
O charme d'un néant follement attifé!

Die tiefen Augen sind aus Nichts und Nacht
Ihr Schädel den ein Bau von Blumen schmückt
Wiegt auf dem brüchigen Genick sich sacht.
Wie bist du, taubes Meisterstück, geglückt!

Aucuns t'appelleront une caricature,
Qui ne comprennent pas, amants ivres de chair,

Ein Zerrbild magst du heißen vor dem Tadel
Der fleischlichen Galane die nicht

L'élégance sans nom de l'humaine armature.
Tu réponds, grand squelette, à mon goût le plus cher!

schätzen
Des sterblichen Gerüsts erlesnen Adel.
Großes Skelett! Du stimmst zu meinen liebsten Sätzen!

Viens-tu troubler, avec ta puissante grimace,
La fête de la Vie? ou quelque vieux désir,
Éperonnant encor ta vivante carcasse,
Te pousse-t-il, crédule, au sabbat du Plaisir?

Grandiose Larve, willst du dies Gelage
Des Lebens stören? oder aber blieb
Dir im Gebein vom Kitzel früherer Tage
Zurück was hier in Satans Garn dich trieb?

Au chant des violons, aux flammes des bougies,
Espères-tu chasser ton cauchemar moqueur,
Et viens-tu demander au torrent des orgies
De rafraîchir l'enfer allumé dans ton cœur?

Glaubst du bei Geigen und entbrannten Kerzen
Den Alben abzutun mit seinem Lächeln?
Und soll dem Höllenglast in deinem Herzen
Der Sturzbach dieser Orgien Kühlung fächeln?

Inépuisable puits de sottise et de fautes!
De l'antique douleur éternel alambic!
A travers le treillis recourbé de tes côtes
Je vois, errant encor, l'insatiable aspic.

Grundloser Bronn von Dummheit und Verschulden!
Kelch der die alte Qual uns destilliert!
Durchs Stabwerk deiner leeren Rippenmulden
Zeigt sich die Natter die um Fraß noch irrt.

Pour dire vrai, je crains que ta coquetterie

Ich frage mich: wird deiner Koquetterie

Ne trouve pas un prix digne de ses efforts;
Qui, de ces cœurs mortels, entend la raillerie?
Les charmes de l'horreur n'enivrent que les forts!

Le gouffre de tes yeux, plein d'horribles pensées,
Exhale le vertige, et les danseurs prudents
Ne contempleront pas sans d'amères nausées
Le sourire éternel de tes trente-deux dents.

Pourtant, qui n'a serré dans ses bras un squelette,
Et qui ne s'est nourri des choses du tombeau?
Qu'importe le parfum, l'habit ou la toilette?
Qui fait le dégoûté montre qu'il se croit beau.

Bayadère sans nez, irrésistible gouge,
Dis donc à ces danseurs qui font les offusqués:
„Fiers mignons, malgré l'art des poudres et du rouge,
Vous sentez tous la mort! O squelettes musqués,

Auch ihr verdienter Lohn beschieden sein?
Den Spott erfaßt der Haufe hier doch nie
Nur Starke saugen lustvoll Grauen ein.

Aus hohlen Augen haucht verruchtes Sinnen
Noch Schwindel und beim Anblick weckt gewiß
Den zagen Tänzern bittres Würgen innen
Dein volles ewig lächelndes Gebiß.

Und doch – wo ist der kein Skelett umfangen
Und nicht von Gräbergut die Mahlzeit hielt?
Was kann hier Pflege Duft und Kleid verfangen?
Fein schilt sich selber wer den Heiklen spielt.

Du Bajadere der die Nase fehlt
Begehrenswertes Weib! sprich du zu jenen:
„Ihr Äffchen, ob ihrs unterm Puder hehlt
Riecht doch nach Tod! O duftende Gebeine ihr und Sehnen

Antinoüs flétris, dandys à face glabre,
Cadavres vernissés, lovelaces chenus,
Le branle universel de la danse macabre
Vous entraîne en des lieux qui ne sont pas connus!

Ihr glatten Dandys, Aas im Firnisglanz
Du greiser Lovelace, Antinous
Euch führt der ungeheure Totentanz
Mit in ein Land das dunkel bleiben muß.

Des quais froids de la Seine aux bords brûlants du Gange,
Le troupeau mortel saute et se pâme, sans voir
Dans un trou du plafond la trompette de l'Ange
Sinistrement béante ainsi qu'un tromblon noir.

Vom Seinequai zum Ganges, durch die Welt
Taumelt des Todes Herde, blickt nicht auf
Wo die Drommete die der Engel hält
Im Dachstuhl gähnt – ein schwarzer Büchsenlauf.

En tout climat, sous tout soleil, la Mort t'admire
En tes contorsions, risible Humanité,
Et souvent, comme toi, se parfumant de myrrhe,
Mêle son ironie à ton insanité!“

Mors schaut Dir, Menschheit, beim Verrecken zu
Gelächter das du bist in allen Zonen
Und läßt, mit Myrrhen parfümiert wie du
Versteckten Hohn bei deiner Tollheit wohnen!“

L'Amour du mensonge

Quand je te vois passer, ô ma chère indolente,
Au chant des instruments qui se brise au plafond
Suspendant ton allure harmonieuse et lente,

Die Lust an der Lüge

Wenn sich mein Aug an dein gelassnes Schreiten
Beim Lied der Geigen durch den Saal verliert
An deinen trägen Wandel und das Gleiten

Et promenant l'ennui de ton regard profond;

Der Blicke welche Anteil nicht regiert;

Quand je contemple, aux feux du gaz qui le colore,
Ton front pâle, embelli par un morbide attrait,
Où les torches du soir allument une aurore,
Et tes yeux attirants comme ceux d'un portrait,

Betrachte ich im Gaslicht das sie tönt
Die Stirne der zum Frührot Fackeln taugen
Wie Bleichsucht pathologisch sie verschönt
Und die Magie der bildnishaften Augen

Je me dis : Qu'elle est belle! et bizarrement fraîche!
Le souvenir massif, royale et lourde tour,
La couronne, et son cœur, meurtri comme une pêche,
Est mûr, comme son corps, pour le savant amour.

Hab ich befremdlich blühend sie gefunden
Erinnerung krönte als ein Turm das Weib
Ihr Herz die mürbe Pfirsche voller Wunden
Ist reif für weises Lieben wie ihr Leib.

Es-tu le fruit d'automne aux saveurs souveraines?
Es-tu vase funèbre attendant quelques pleurs,
Parfum qui fait rêver aux oasis lointaines,
Oreiller caressant, ou corbeille de fleurs?

Bist du die schwere Herbstfrucht voller Saft?
Bist du die Urne worauf Tränen fallen
Ein Duften das wie Wüstenwind erschlafft
Ein Pfühl ein Blumenkorb was von dem allen?

Je sais qu'il est des yeux, des plus mélancoliques,
Qui ne recèlent point de secrets

Ich weiß um Augen, trauriger sind keine
In welchen nichts Verschwiegnes sich

précieux;
Beaux écrins sans joyaux, médaillons sans reliques,
Plus vides, plus profonds que vous-mêmes, ô Cieux!

Mais ne suffit-il pas que tu sois l'apparence,
Pour réjouir un cœur qui fuit la vérité?
Qu'importe ta bêtise ou ton indifférence?
Masque ou décor, salut! J'adore ta beauté.Je n'ai pas oublié, voisine de la ville,
Notre blanche maison, petite mais tranquille;
Sa Pomone de plâtre et sa vieille Vénus
Dans un bosquet chétif cachant leurs membres nus,
Et le soleil, le soir, ruisselant et superbe,
Qui, derrière la vitre où se brisait sa gerbe,
Semblait, grand œil ouvert dans le ciel curieux,
Contempler nos dîners longs et silencieux,
Répandant largement ses beaux reflets de cierge
Sur la nappe frugale et les rideaux de serge.

erkennt
Entleerte Medaillons und hohle Schreine
So tief und kalt ist nicht das Firmament.

Mir aber der ich wahres Wesen flieh
Mag dieser Schein im Herzen Lust vertreten
Was tut dein Stumpfsinn deine Apathie
Idol, Attrappe! Laß mich vor dir beten.
Noch lebt mir unser Haus das abgeschieden
Vorstädtisch lag in seinem weißen Frieden
Mit Venus Gipsfigur und Flora deren Zucht
In jenen kargen Büschen Schutz gesucht
Und auch die Sonne wie sie feucht sich neigte
Und sich durchs Fenster das sie brach dann zeigte
Am schauenden Gezelt ein Aug das unverwandt
Auf unsrer langen stummen Mahlzeit stand
Und überall mit Kerzenlicht beschienen
Ländliche Kost und linnene Gardinen.

La servante au grand cœur dont vous étiez jalouse,
Et qui dort son sommeil sous une humble pelouse,
Nous devrions pourtant lui porter quelques fleurs.
Les morts, les pauvres morts, ont de grandes douleurs,
Et quand Octobre souffle, émondeur des vieux arbres,
Son vent mélancolique à l'entour de leurs marbres,
Certe, ils doivent trouver les vivants bien ingrats,
A dormir, comme ils font, chaudements dans leurs draps,
Tandis que, dévorés de noires songeries,
Sans compagnon de lit, sans bonnes causeries,
Vieux squelettes gelés travaillés par le ver,
Ils sentent s'égoutter les neiges de l'hiver
Et le siècle couler, sans qu'amis ni famille
Remplacent les lambeaux qui pendent à leur grille.

Die Schaffnerin voller Geduld die dein Argwohn betraf
Und die unterm dürftigen Rasen nun schlummert den Schlaf
Weißt du es nicht daß wir ihr Blumen schulden?
Schwer müssen all die armen Toten dulden
Und führt Oktober mit dem Blätterhauf
Trostlose Reigen auf den Gräbern auf
Wie sollten sie nicht herzlos schelten können
Die Lebenden die sich den Schlummer gönnen
Wenn sie in ihrer schwarzen Grübelnacht
In der kein Buhle und kein Zuspruch wacht
Den Wurm an ihren alten Knochen fühlen
Und Wasser die den Winterschnee verspülen
Und durch das Säkulum das hingeht flattern
Trotz Freund- und Sippschaft Fetzen an den Gattern.

Lorsque la bûche siffle et chante, si le soir,
Calme, dans le fauteuil je la voyais s'asseoir,

Käme einst spät wenn die Holzglut sich neigt
Sie die sich still ihren Platz sucht und schweigt

Si, par une nuit bleue et froide de décembre,
Je la trouvais tapie en un coin de ma chambre,
Grave, et venant du fond de son lit éternel
Couver l'enfant grandi de son œil maternel,
Que pourrais-je répondre à cette âme pieuse,
Voyant tomber des pleurs de sa paupière creuse?

Wenn im blauen Nachtfrost der Winterwende
Ich im Eck meines Zimmers gekauert sie fände
Die ernst ihr ewiges Bette verlassen
Das Kind das heranwuchs im Blick zu umfassen
Was könnt ich der armen Seele erwidern
Wenn ich weinen sie sähe aus hohlen Lidern?

Brumes et Pluies

O fins d'automne, hivers, printemps trempés de boue,
Endormeuses saisons! je vous aime et vous loue
D'envelopper ainsi mon cœur et mon cerveau
D'un linceul vaporeux et d'un vague tombeau.

Dans cette grande plaine où l'autan froid se joue,
Où par les longues nuits la girouette s'enroue,
Mon âme mieux qu'au temps du tiède renouveau
Ouvrira largement ses ailes de corbeau.

Nebel und Regen

Herbstende Winter Lenz, durchtränkt von Regen
Schläfernde Jahreszeiten die bewegen
Zu Lob und Liebe wenn im Dunst erkalten
Mein Herz und Hirn in eines Bahrtuchs Falten.

In Ebnen wo von Süden Stürme fegen
Windfahnen nachts sich drehn mit heisern Schlägen
Wird meine Seele besser als im Walten
Des Lenzes ihren Rabenflug entfalten.

Rien n'est plus doux au cœur plein de choses funèbres,
Et sur qui dès longtemps descendent les frimas,
O blafardes saisons, reines de nos climats,

Im Herzen da Verdüstrung eingedrungen
Und Reif sich senkte kann kein Trost mehr wohnen
Ihr blassen Königinnen unsrer Zonen

Que l'aspect permanent de vos pâles ténèbres,
– Si ce n'est, par un soir sans lune, deux à deux,
D'endormir la douleur sur un lit hasardeux.

Als die Betrachtung eurer Dämmerungen
Wenn nicht geteilter Gram zur Neumondmette
Uns schlummern läßt auf heimatlosem Bette.

Rêve parisien

A Constantin Guys

I

De ce terrible paysage,
Tel que jamais mortel n'en vit,
Ce matin encore l'image,
Vague et lointaine, me ravit.

Le sommeil est plein de miracles!
Par un caprice singulier,
J'avais banni de ces spectacles
Le végétal irrégulier,

Et, peintre fier de mon génie,
Je savourais dans mon tableau

Pariser Traum

Constantin Guys gewidmet

I

Von dieser grausen Länderei
Die Menschenauge nie erblickt
Heut morgen noch das Konterfei
Entfernt und vage mich berückt.

Schlaf geht mit Wunderbarem schwanger
Aus Laune hatt ich, bar des Zwecks
Verbannt von meiner Blicke Anger
Das ungleichförmige Gewächs

Und stolz auf meine Bildnerei
Genoß, ihr eigener Verfasser

L'enivrante monotonie
Du métal, du marbre et de l'eau.

Ich ihr berauschend Einerlei
Von Marmor und Metall und Wasser.

Babel d'escaliers et d'arcades,
C'était un palais infini,
Plein de bassins et de cascades
Tombant dans l'or mat ou bruni;

Gestuftes Babel von Arkaden
Ein unabsehbarer Palast
Stand voller Becken und Kaskaden
In Gold und Bronze eingefaßt

Et des cataractes pesantes,
Comme des rideaux de cristal,
Se suspendaient, éblouissantes,
A des murailles de métal.

Und lastend waren Katarakte
Die wie Portieren von Kristall
Weit überhängend schimmernd
nackte
Gemäuer drückten von Metall.

Non d'arbres, mais de colonnades
Les étangs dormants s'entouraient,
Où de gigantesques naïades,
Comme des femmes, se miraient.

Und keine Bäume – Kolonnaden
Die um den Schlaf der Teiche standen
Wo sich gigantische Najaden
Wie Frauen abgespiegelt fanden

Des nappes d'eau s'épanchaient,
bleues,
Entre des quais roses et verts,
Pendant des millions de lieues,
Vers les confins de l'univers;

Es dehnten blauende Kanale
In rosa und in grünen Quadern
Durch meilenweite Areale
Zum Weltenende ihre Adern

C'étaient des pierres inouïes
Et des flots magiques; c'étaient
D'immenses glaces éblouies
Par tout ce qu'elles reflétaient!

Man sah Gestein das nie erhört
Und Fluten die gebannt; es fingen
Sie Spiegelfluchten die betört
Von all dem Glänze übergingen.

Insouciants et taciturnes,
Des Ganges, dans le firmament,

Es glitten tonlos und gemessen
In Strömen – jeder war ein Ganges –

Versaient le trésor de leurs urnes
Dans des gouffres de diamant.

Architecte de mes féeries,
Je faisais, à ma volonté,
Sous un tunnel de pierreries
Passer un océan dompté;

Et tout, même la couleur noire,
Semblait fourbi, clair, irisé;
Le liquide enchâssait sa gloire
Dans le rayon cristallisé.

Nul astre d'ailleurs, nuls vestiges
De soleil, même au bas du ciel,
Pour illuminer ces prodiges,
Qui brillaient d'un feu personnel!

Et sur ces mouvantes merveilles
Planait (terrible nouveauté!
Tout pour l'œil, rien pour les oreilles!)
Un silence d'éternité.

II

En rouvrant mes yeux pleins de flamme
J'ai vu l'horreur de mon taudis,

Vom Himmel Schätze aus Gefäßen
In Grüfte diamantnen Hanges.

Ich Bauherr meiner Augenweiden
Entließ auf eigenes Begehr
Durch ein Gewölbe von Geschmeiden
Gebändigt ein ebbend Meer

Und alles selbst das Schwarze deuchte
Mich spiegelklar poliert zu sein
Es fügt ihr Blendendes die Feuchte
Rings in kristallne Rahmen ein.

Kein Stern – und selbst die tiefsten Sphären
Des Himmels ohne Sonnenlicht
Um jene Wunder zu verklären
Aus denen eignes Feuer bricht.

Und über dem lebendigen Flor
Verstrich (o neustes Leid
Den Augen alles nichts dem Ohr)
Ein Schweigen der Ewigkeit.

II

Dann bot sich meinen Augen hier
Das Elend aller meiner Morgen
Und wieder tastete nach mir
Die Sonde der verfluchten Sorgen

Et senti, rentrant dans mon âme,
La pointe des soucis maudits;

La pendule aux accents funèbres
Sonnait brutalement midi,
Et le ciel versait des ténèbres
Sur le triste monde engourdi.

Die Wanduhr schlug verrufen
Zu Mittag daß es gellt
Und der Himmel goß Nebelkufen
Auf diese schläfrige Welt.

Le Crépuscule du matin

La diane chantait dans les cours des casernes,
Et le vent du matin soufflait sur les lanternes.

C'était l'heure où l'essaim des rêves malfaisants
Tord sur leurs oreillers les bruns adolescents;
Où, comme un œil sanglant qui palpite et qui bouge,
La lampe sur le jour fait une tache rouge;
Où l'âme, sous le poids du corps revêche et lourd,
Imite les combats de la lampe et du jour.
Comme un visage en pleurs que les brises essuient,
L'air est plein du frisson des choses qui s'enfuient,

Das Morgengrauen

Das Wecken blies im Hofe der Kasernen
Und Wind der Frühe strich entlang an den Laternen.

Es war die Stunde wo sich unter Träumen
Im Bett die braunen Knabenleiber bäumen
Wo wie ein blutend Aug das zittert und das zuckt
Die Lampe auf den Tag die rote Lache tupft
Und wo die Seele in des spröden Leibes Schwergewicht
Zum zweitenmal den Kampf von Tag und Lampe ficht.
Wie Wangen denen Wind die Tränen nimmt
Erschauerte die Luft vom Leben das verschwimmt

Et l'homme est las d'écrire et la femme d'aimer.

Vom Schreiben ist der Mann, die Frau vom Lieben matt.

Les maisons ça et là commençaient à fumer.
Les femmes de plaisir, la paupière livide,
Bouche ouverte, dormaient de leur sommeil stupide;
Les pauvresses, traînant leurs seins maigres et froids,
Soufflaient sur leurs tisons et soufflaient sur leurs doigts.
C'était l'heure où parmi le froid et la lésine
S'aggravent les douleurs des femmes en gésine;
Comme un sanglot coupé par un sang écumeux
Le chant du coq au loin déchirait l'air brumeux;
Une mer de brouillards baignait les édifices,
Et les agonisants dans le fond des hospices
Poussaient leur dernier râle en hoquets inégaux.
Les débauchés rentraient, brisés par leurs travaux.

Rauch kam aus manchen Häusern in der Stadt.
Die Dirnen lagen, farblos ihre Lider
Ihr Mund geöffnet, stumpf im Schlaf darnieder
In Lumpen schlichen Weiber die verbrauchten
Die bald ihr Feuerchen bald ihre Hand behauchten.
Es war die Stunde wo in Frost und in Entbehren
Die Wehen Schwangerer gesteigert wiederkehren;
So wie ein Schluchzen stirbt am Blutsturz aus den Lungen
Kam durch die Nebelwand der Hahnenschrei gedrungen
Ein Dunstmeer übergoß die Bauten und die Mäler
Und die Verscheidenden im Schoß der Hospitäler
Verröchelten in Stößen unter Pfeifen.
Lüstlinge sah erschöpft man heimwärts streifen.

L'aurore grelottante en robe rose et verte
S'avançait lentement sur la Seine

Ganz langsam zog in rosiggrünem Flore
Am Seinequai herauf die frierende

déserte,
Et le sombre Paris, en se frottant les yeux,
Empoignait ses outils, vieillard laborieux.

Aurore
Und mürrisch nahm Paris das sich dem Schlaf entwand
In seiner Fron ergraut das Werkzeug in die Hand.

Übertragungen aus anderen Teilen der „Fleurs du mal“

An den Leser

Dummheit Verirrung Sündenstand und Borgen
Befängt uns geistig und verzehrt den Leib
Und Reue nähren wir zum Zeitvertreib
Wie Bettler schmausend ihr Geschmeiß versorgen.

So starr die Sünden sind so matt die Bußgewalten;
Sehr reich bezahlt sich unser Eingestehn
Und leicht läßt sich der Kotpfad wieder gehn
Wenn wir uns greinend für gesäubert halten.

Der sanft im Kissen böser Lust geschaukelt
Uns Selige – Satan Trismegistos
Hat bis des Wollens edles Erz zerfloß
Uns Alchimistenkünste vorgegaukelt.

Gehn wir so hat der Teufel uns am Faden.
Begier nach Ekelhaftem nimmt uns mit;

Alltäglich führt uns höllenwärts ein Schritt
Gleichmütige, in pesterfüllte Schwaden.

Wie ein verarmter Wüstling unter Bissen
Die wehe Brust der alten Dirne sucht
Entwenden wir ein Glück – die schale Frucht
Die wir recht gründlich auszupressen wissen.

Mit unserm Bregen mästen wir, umschlungen
Wie Maden, ein Dämonenaufgebot
Und wenn wir Atem holen stürzt der Tod
Unsichtbar strömend dumpf in unsre Lungen.

Wenn Notzucht Gift und Brände bis zur Stunde
Uns allen als der angenehmste Rand
Im Webgrund trister Jahre unbekannt
So ists nur Mangel an Entschluß im Grunde.

Doch unterm Auswurf: Panthern Skorpionen
Schakalen Geiern Hündinnen und Nattern

Die kreischend heulend kletternd hinter Gattern
Im eklen Zwinger unsrer Laster wohnen

Bleibt ein gemeinstes ärgstes zu erwähnen!
Wenn es auch nicht auf Lärm und Mimik hält
Wünscht es den Erdball sich als Trümmerfeld
Und gern verschläng es eine Welt im Gähnen;

Der Spleen! – Er raucht die Pfeife, tränend zählt er
Schafott und Galgen in der Phantasie
Mein Freund, du kennst das diffizile Vieh
Freund – Hypokrit – mein Leser – mein Erwählter!

Die kranke Muse

Sag arme Muse was heut nacht dir war
In deinen Blick hat sich ein Spuk gesenkt
Auf deinen Wangen werde ich gewahr
Wie Wahn und Angst einander stumm verdrängt

Grünlicher Succubus und blasser Mahr
Ward dir aus deren Krügen eingeschenkt
Nahm dich zum Spiel ein herrischer Alb beim Haar
Hat in Minturnäs Öden dich ertränkt

Dein Busen sollte duftend wie das Leben
Guten Gedanken nur die Ruhstatt geben
Und deines christlich Blutes Strömen wollt ich hören

Ganz wie den Silbenstrom in den antiken Chören
In welchen herrscht von dem sie singen lernten
Apoll und mit ihm Pan der Herr der Ernten.

Die Riesin

Als noch Natur im mächtigen Vermögen
Geschwängert täglich Ungeheuer wiegte
Bei junger Riesin hätt ich wohnen mögen
Wie um der Fürstin Fuß die Katze schmiegte

Ich hätte Leib erblühen sehn bei Seele
Aufschießen frei in schreckenvollen Spielen
Erriet ob böse Glut ihr Herz verhehle
Weil feuchte Nebel ihr im Auge sielen

Schweif nach Gefallen im gewaltgen Schoß
Erklomm den Abfall ihrer Kniee groß
Und sommers oft wenn schlimm im Sonnenglast

Matt sie im Lande quer sich dehnen mag
Halt in der Brüste Schatten schläfrig Rast
Also ein Weiler still am Bergrand lag.

Totenreue

Wenn du entschlafen bist o Haupt voll Gram
Ausruhest unterm Stein von schwarzem Glimmer
Zum Bette dir verblieb und schmalen Zimmer
Die Gruft um die nur Regenrauschen kam

Beschwert der Stein den Busen voller Scham
Den matten Schoß in der Vergängnis Schimmer

Des Herzens Schlag und Drang verwehrt auf immer
Um Abenteuer ward dein Jagen lahm

Dann spricht das Grab aus meinem tiefen Leid
(Denn Dichtersprache sprechen Grabesgründe)
In langer Nächte schlummerloser Zeit

Was soll nun scheue Priesterin der Sünde
Daß du nicht wußtest um der Toten Klagen
Wie Reue wird der Wurm dein Herz benagen

Geistige Morgenröte

Wenn über Prassern weiß und goldnes Tagen
Gedenken trägt in Händen der Idee
Erweckt geheim ein rächerisches Weh
Des Engels Aug im Tiere aufgeschlagen

Der Geisterfüllten Himmel fernster Schein
Beruft den Menschen den der Alb noch drücket
Wie Abgrunds Licht den Stürzenden beglücket
So teure Göttin Wesen keusch und rein

Auf rauchgem Rest der Schwelgerei die lüstert
Gedenken dein viel rosiger und schöner
Schwebt über meinen Blicken als Bekröner

Die Sonne hat der Kerzen Schein verdüstert
So willst du Siegende den Schimmer erben
Atmende Seel der Sonne ohne Sterben.

Unterhaltung

Herbsthimmel bist du rosa und klar verbrämt
Doch aufsteigt Traurigkeit mir wie Meer im Innern
Und läßt verebbend zurück meinen Lippen vergrämt
Von bitterm Schlamm so kochendes Erinnern

Umsonst berührst du meine vergehende Brust
Dein Finger Freundin streift auf verwüsteten Straßen
Von Klauen verheert und vom Zahne der Weibeslust
Suche mein Herz nicht mehr das die Tiere fraßen

Mein Herz das Schloß durchwühlet von Pöbelhänden
Voll Unzucht Mordtat steht und des Streites Schrille
O Duft den deine nackten Brüste mir spenden

Dies Schönheit ist – du Geißel der Seelen dein Wille
An deinen Augen Gluten der Feste die thronten
Die Lumpen verbrenne du so die Tiere verschonten.

Herbstgesang

I

Bald werden wir in kalte Nebel fahren
Erlisch lebendges Licht in unsern Hallen
Schon hör ich überall in dumpfen Scharen
Die Scheiter in die breiten Höfe fallen

Ganz wird der Winter meinen Sinn bedecken
Mit Haß und Schauder Zorn und arger Not
Und wie die Sonne in der Pole Schrecken
Erstarrt mein Herz zum Block von eisigem Rot

Mit Frösteln hör ich fallen jeden Ast
Nicht dumpfer tönt die Richtstatt die man baut
Mein Geist fällt wie der Wartturm vor der Last
Des Widderstoßes der ihn täglich haut

Mir aber ist gewiegt wie im Geläute
Man nagelt einen Sarg im Erdenschoß
Für wen? War gestern Sommer Herbst ist heute
Dies trübe Raunen klingt wie Aufbruch groß.

II

Wie ist deiner Augen grünlicher Schimmer mir wert
Sanfte Schöne, doch heute brennt alles mich sehr
Und deine Liebe nicht, nicht Gemach oder Herd
Kommen der Sonne mir gleich wenn sie strahlt auf das Meer.

Dennoch sei du mir Mutter, mein Wesen, sei gut
Bleib es dem Undankbaren, ja bleib es dem Bösen;

Schwesterlich oder entbrannt, sei die flüchtige Glut
In die Herbst und sinkende Sonne sich lösen.

Nicht auf lange! Das Grab steht wartend bereit
Nimm meine Stirn, überlaß mich zu deinen Füßen
Trauervoll denkend der weißen der sengenden Zeit
Nun dem Strahle des Spätjahrs, dem gelben und
süßen!

Einer Madonna

Ex-voto im spanischen Sinne

Gewähre daß ich dir Madonna meiner Fraue
In Krypten meiner Qual den Hochaltar erbaue
Und gründe wo zutiefst mein finstres Herze wüst
Fern von frivolem Blick und weltlichem Gelüst
Die Wölbung welche ganz von Himmelblau und
Golde
In der du thronen sollst Gewaltige und Holde.
Von lauterem Metall sind Verse mein Geflecht
Das ich mit Reimen von Kristalle kunstgerecht

Zu deines Hauptes großer Krone vorbereite;
Und dann trägt meine Brunst, du tödlich Benedeite
Für den barbarischen und schweren Umhang Acht
Darinnen dich umstarrt ein Futter von Verdacht;
In ihm soll sich dein Charme als wärs in Schanzen
wähnen;
Nicht Perlen säumen ihn, nein alle meine Tränen!
Und deine Robe sei mein Wunsch der nach dir drängt
Der wogende, mein Wunsch, der schwillt und der sich
senkt
Der sich auf Gipfeln wiegt und in den Tälern rastet
Und kosend all dein Weiß und Rosenrot betastet.
Ich mach dir schöne Schuh aus meiner Devotion
Von Seide, die dein Fuß erniedriget zum Lohn
Den haben sie gemach in ihren Druck geschlossen
Und wahren treu sein Bild als wär es abgegossen.
Und ist all meine Kunst und Mühe nicht im Fall
Dir einen Silbermond zu leihn zum Piedestal
So sei die Schlange die mein Innres beißend ätzet

Dir, Triumphierende, zum Thronstieg vorgesetzet
Das Ungeheuer dir, Erlöserin, auf daß
Geschmäht und abgetan sein Geifern und sein Haß.
Sieh an mein geistig Werk das ich wie Kerzen stelle
In der erlauchten Magd bekränzte Weihkapelle
Wie rings sein Widerschein bestirnt der Wölbung Blau
Erglühet dir allein die Lohe seiner Schau;
Und weil in mir für dich nur Minnen und Verehren
Werd ich mich ganz in Myrrhn Benzoe und Weihrauch kehren;
Zu deinem Gipfel drängt, der strahlend und vereist
In Schwaden rastlos und gewitterschwer mein Geist.

Zuletzt, auf daß du ganz vollendet gleichst Marien
Und Grausamkeit in mir der Liebe gleich gediehen
Mach ich in Henkersbrunst doch voll Gewissensqual
Der Dolche sieben aus der Sünden Siebenzahl
Die reih ich teilnahmlos, nicht anders als jonglierend
Und deiner Liebe in ihr Innerstes visierend

Heft ich sie alle in dein Herze welches klopft
In dein Herz welches schluchzt in dein Herz welches
tropft.

Sisina

Dianen denkt im Prängen schimmervoll
Durchstürmend Wälder spürt in Büschen krachend
Windwärts Gelock und Brust vom Toben toll
Hoffärtig und der besten Herren lachend

Saht ihr Terogen die Schlachten liebt im Groll
Zum Aufruhr den barfüßigen Pöbel fachend
Wang Aug im Feuer während Tod ihr scholl
Rasenden Schwertstiegs Königstreppen dachend

Seht so Sisina doch die sanfte Wilde
Eint mörderischem Mut so süße Milde
Ihr Sinn verstört von Dampf und Trommelschlägen

Tief senkt vor Flehenden das gewöhnte Schwert
Und ihr Herz wüst von Flammen in den Gehegen
Tränenquellen birgt jenem der Tränen wert.

Der Geist

Wie die Engel mit Augen fahl
Wo du schlummerst kehr ich zum Saal
Und will dir zur Seite sacht
Gleiten mit den Schatten der Nacht
Und dir werd ich du dunkle Blonde
Küsse geben kalt wie vom Monde
Und dazu Gestreichel von Schlangen
So um eine Grube rangen

Naht der Morgen im Erblinden
Mich am Ort wirst du nicht finden
Frost wird dort bis Abend hausen

Wie die andern mit der Zärte
Über deine junge Fährte
Herrschen will ich durch das Grausen.

Die Katzen

Geliebte voller Gluten und die strengen
Die Denker lieben in den reifen Stunden
Der prunken Katzen hochmutvolle Runden
Die fröstelnd so wie sie am Hause hängen

Der Weisheit freund und freund den großen Lüsten
Die Stille suchen sie und grauses Dämmern
Es hätte Erebos zu finstern Rennern
Erwählt die Stolzen wenn von Dienst sie wüßten

Im Sinnen wählen sie die edlen Lagen
Von Sphinxen die gestreckt im Öden ragen
Als hätte sie ein Traum in Schlaf gebannt

Von magischen Funken strotzen ihre Seiten
Und Zellen Goldes wie ein feiner Sand
In ihren runden Augen heimlich gleiten.

Frohsinn des Toten

In fettem Erdreich das voll Schnecken steckt
Will ich mir selbst die tiefe Gruft bestellen
Wo ich den Schlaf der meine Knochen streckt
Im Nichtsein schlummre wie ein Hai in Wellen.

Ich hab nicht Grab noch Erbschrift im Respekt;
Eh ich besorgte daß mir Tränen quellen
Lud ich noch heute wenn ich einst verreckt
Die Raben meinem Aas sich zu gesellen.

O Würmer! augenlose schwarze Freunde ihr
Euch naht ein Toter leicht und froh in mir;
Bedachte Schlemmer, Söhne der Zersetzung

Durchquert mein Haus von Skrupeln unbedroht
Und sagt mir ob noch fernerhin Verletzung
An den Kadaver rührt der nun mit Toten tot.

Die Wanduhr

O Wanduhr! finstres Numen du und ungerührtes
Dein Finger weist auf uns und sagt: „Erinnre dich!
Nicht lange und dein Herz erkennt mit jedem Stich
Der Schmerzen sich als Ziel und jeden Pfeil verspürt
es;

Und dann verziehet Lust – ein Rauch am
Himmelsrand
(Die Sylphe flüchtet so ins Dunkel der Kulisse)
Jedwedem schmälert Zeit mit einem jeden Bisse
Den Bruchteil vom Genuß den Gott ihm zugestand.

Es zischt dreitausendundsechshundertmal von
droben:
Erinnre dich! die Stunde. – Eh du's meinst

Zirpt Gegenwart wie ein Insekt: Ich bin das Einst
Und hab mit eklem Rüssel Blut aus dir gehoben.

Remember! denk's! zuviel! esto memor!
(Denn mein metallner Mund ertönt in allen Zungen.)
Wie Stollen, Erdenwurm, in die du eingedrungen
Sind die Minuten. Hol das Gold daraus hervor!

Erinnre dich daß Zeit im Spiel auf Vorteil sinnet.
Sie macht (und ohne Trug), so gilt es, jeden Stich!
Es sinkt der Tag; die Nacht wächst an; erinnre dich!
Den Abgrund dürstet stets; die Wasseruhr verrinnet.

Bald schlägt die Stunde wo das Glück, dein hoher Gast
Wo Tugend, dein Gemahl, des Bett du niemals teiltest
Wo Reue (das Asyl das du zuletzt ereiltest)
Dir zuruft: Greiser Fant! nun stirb! es ist verpaßt!“

Der Wein des Einsamen

Der sehr verschwiegne Blick der Kurtisane
Der auf uns gleitet gleichend dem Erblassen

Lüsternen Monds im welligen See gelassen
Die Schöne badend ganz von Scham enttane

In Spielers Hand der letzte Louisdor
Ein frecher Kuß der schmächtigen Adele
Musik die träge schläferte die Seele
Gleich fernem Menschenschmerz aufschreit zum Ohr

Erkaufet doch nicht dich o Flasche räumig
Voll strengen Balsams so im Bauche schäumig
Wahrst welkem Herz des kindlichen Poeten

Einschenkest du ihm Hoffnung Leben Jugend
Und Hochmut den Schatz und die Bettlertugend
Die uns groß macht gleich Göttern zu denen wir beten.

Die Zerstörung

Ohn Ruh noch Rast der Dämon mich berennt
Er schwimmt um mich gleich leerem Hauch abgründig

Ich saug ihn ein der meine Lungen brennt
Füllt sie mit Sehnen ewiglich und sündig

Bisweilen wählt kund großer Lieb zur Kunst
Er die verführerischste Form der Frauen
Und unter Sprüchen liebt scheinheilger Gunst
Gemeine Tränke meinem Mund zu brauen

Er führt mich so weitab vom Aug des Herrn
Den Stöhnenden vom Schlaf Zerbrochnen fern
Zum Anger Langerweil öd und geheim

Und wirft in meine Augen voll Betörung
Befleckt Gewande offner Wunden Schleim
Und blutenden den Schemen der Zerstörung.

Die barmherzigen Schwestern

Wollust und Tod das sind zwei Mädchen fein
Mit Küssen schwellend reicher Säfte mächtig
Den keuschen Schoß in Lumpen hüllen ein
Der ward in ewgen Wehen niemals trächtig

Dem Dichter feind dem Haus im Traurigsein
Günstling der Höllen armem Höfling schmächtig
Grab und Bordell zeigt ihm im Buchenhain
Ein Bett drin wühlte nie Gewissen nächtig

Und Sarg und Lager geil bei Fluch und Schwarm
Uns reichen wechselnd wie barmherzge Schwestern
Gräßlicher Süße und Genüsse Lästern

Wann scharrt mich Wollust ein dein pestiger Arm
O Tod wann du in gleicher Reize Gürten
Zypressen schwarz pfropfst über faule Myrten?

Der Tod der Liebenden

Es werden tief im Dufte stehn die Betten
Divane wo wir wie in Gräbern wohnen
Und seltne Blumen auf erhöhten Stätten
Für uns erschlossne unter schönen Zonen

Zur Lust verleuchtend ihre Glut die letzte
Zwei Herzen werden große Feuer sein

In deren Glut gedoppelt sich benetzte
Der Zwillingsspiegel Geist im Widerschein

Ein Abend Rosa baut und heimlich Blauen
Wir werden tauschen jenes helle Schauen
Wie letztes Schluchzen das den Abschied beut

Später ein Engel in der Türen Spalten
Eintreten wird belebt treu und erfreut
Spiegel so blind und Flammen die erkalten.

Die Reise

III

Erstaunliche die fahren welche Mären
Erlest ihr in der Augen tiefem See
Reicht Schätze uns Gedächtnis zu gewähren
Blendenden Stein aus Sternen Luft und Schnee

Wir wollen sonder Dampf und Segel ziehen
Laßt nur erfragen die zur Kammer kamen

Auf unser Herz wie weißes Tuch gediehen
Erinnerung in der Horizonte Rahmen

Was saht ihr sagt?

VIII

Tod alter Steurer löse das Tau bereit
Dies Land ist Gram o Tod die Anker lichtet
Sind schwarz wie Tinte Meer und die Wolken breit
Besser das Herz kennst du das im Hellen schlichtet

Du schenke uns dein Gift das wohl uns stärke
Wir wollen so sehr brennt im Hirn dies Feuer
Zum Schlund hinab ob Höll ob Himmels Werke
Zum Unbekannten tauchend Neuem neuer.

Der Untergang der romantischen Sonne

Wie schön ist Sonne taucht sie frisch empor
Gleich sprengendem Geschoß zum Morgengruße
O selig wer erfüllt von edler Muße
Begrüßt ihr Sinken in der Träume Chor

Ich weiß noch alles Blumen sah ich Häge
Vor ihrem Blick erbleichen selbst die Quelle
Zum Horizonte läuft's ist spät lauft schnelle
Um noch zu haschen eines Strahles Schräge

Ich folge doch umsonst dem Gott der flieht
Weil unbesiegte Nacht das Reich bezieht
Schwarz feucht verderblich wo die Fröste hecken

Ein Grabesruch schwimmt überm finstern Land
Mein zager Fuß tritt an der Sümpfe Rand
Auf jähe Kröten und auf kalte Schnecken.

Die Stimme

An meine Wiege stieß der Saal mit Bücherbrettern
Das finstere Babylon wo Märe Epopoe
Und Weistum, Latiums Staub und Hellas Schutt in
Lettern
Vereint. Ich maß damals ein Folio in der Höh.
Zwei Stimmen redeten mich an. Von einer leisen

Sehr sichern kams: „Ein süßer Kuchen ist die Welt;
Ich könnte (und dann ist dein Glück enorm zu preisen)
Tun, daß Begehrlichkeit von gleichem Maß dich schwellt."
Die andre aber: „Folg o folg mir in die Lande
Des Traums, des Unerhörten, ja der Unnatur!"
Und diese sang so wie der Seewind überm Strande
Ein irrendes Phantom, wer weiß woher es fuhr;
Wohl schmeichelt es dem Ohr, doch Zittern machts im Grunde.
Dir rief ich zu: „Ja süße Stimme!" So beschwor
Ich was an mir ihr nennen möget meine Wunde
Und meinen bösen Stern. Denn hinter dem Dekor
Der Existenz, zutiefst im unermessnen Grabe
Zeigt mir das fremdeste der Weltsysteme sich;
Nun zieh ich Opfer meiner eignen Sehergabe
Ein Schlangenknäuel mit und fühle Stich auf Stich.
Und es geschah seitdem daß so wie die Propheten

Weltmeer und Wüste innig ich geliebt
Und muß zur Feier trüb zum Lachen trauernd treten
Und daß der herbste Wein für mich noch Süße gibt;
Daß oft als Lüge mir erscheinen will das Neue
Und daß ich strauchle, weilt mein Blick am
Firmament.
Doch tröstend sagt die Stimme: „Halt dem Wahn die
Treue
Hast du doch Träume wie der Kluge sie nicht kennt!"

Trauriges Madrigal

I

Was kann mir gelten deine Heiterkeit
Schön und betrübt sei du den Wangen
Sind zarte Tränen ein Geschmeid
So wie ein Strom dem Lande breit
Nach Wettern sieht man Blumen prangen

Ich liebe dich will Heiterkeit verhauchen
Auf deiner Stirne die zur Qual erlesen

Dein Herz sich ewig in Entsetzen tauchen
Und über deine Gegenwart sich bauchen
Die grause Wolke des „Gewesen“

Ich liebe dich wenn nie der Strom versiegt
Aus deinem großen Auge heiß wie Blut
Und wie auch meine Hand dich wiegt
Die schwere Bängnis dir obsiegt
Aufstöhnt wie Todeswut

Ich schlürfe wie gewaltige Lüste
Dich große Hymne die erfreut
Die Seufzer alle deiner Brüste
Weiß daß dein Herz erstrahlen müßte
Von Perlen die dein Auge streut(Der Mahner)

Der Mann der wert ist es zu sein
Hat eine gelbe Natter wohnen
Im Herzen; dort weiß er sie thronen;
Auf sein „Ich will!“ verfügt sie: „Nein!“

Senk deine Blicke in die graden
Der Satyrfraun und der Najaden
Der Zahn sagt: „Was hast du vollbracht?"

Erzeug dir Kinder, setze Pflanzen
Behau den Marmor, feile Stanzen
Der Zahn: „Erlebst du noch die Nacht?"

Was er auch plant, wonach er bange
Ihm flieht kein Augenblick so schnell
Es ist mit ihrem Spruch zur Stell
Und mahnt ihn die verhaßte Schlange.

Der Rebell

Ein Engel bricht im Zorn auf ihn herein
Ins Haar des Zweiflers fährt er lichterloh
Und schüttelt ihn: Du wirst gehorsam sein
Denn ich bin dein Patron: ich will es so

Dir obliegt Liebe ohne Mienenzerren
Zu Armen Schlechten Krüppeln Idioten

Daß wenn er nahet Jesus deinem Herren
Sei deines Mitleids Teppich dargeboten

Liebe ist dies Eh du verfällst inwendig
Mach dich an Gottes Glorie neu lebendig
Das ist der Lust beständiges Gesicht

Der Engel züchtigt wie er liebt im treusten
Und zwingt den Rebell mit Riesenfäusten
Doch stets spricht der Verdammte: ich will nicht.

Vorbereitung

Gemach mein Schmerz und rege du dich minder
Der Abend den du anriefst sinkt und glückt
Dunkelheit umhüllet die Stadt gelinder
Die jenen friedlich macht und den bedrückt

Und wenn der taube Schwarm der Menschenkinder
Daß er sich Reu in seinen Freuden pflückt
Von Lust gepeitscht wird seinem argen Schinder
Gib mir die Hand mein Schmerz laß uns entrückt

Gewahren wie sich von Altanen droben
Die alten Jahre neigen in den Roben
Wie lächelnder Verzicht sich aufhebt aus der Flut

Die Sonne durch den Brückenbogen gleitet
Und wie ein Leichentuch das überm Osten ruht
Vernimm vernimm sie doch die süße Nacht die
schreitet.